Andrea Rohmert
Kopfkino

Das Buch

21 Geschichten versammeln sich im Kopfkino. Hier trifft ein Möchtegern-Poet auf einen heulenden Reißwolf, eine renitente Großmutter wird zum Problem für ihre Enkelin, und für einen Bankangestellten hat seine Verbundenheit zum weltbesten Fußballverein in einem kritischen Moment eine besondere Bewandtnis.

Ob kurzer Einblick in den alltäglichen Wahnsinn oder die Verknüpfung der realen Welt mit phantastischen Elementen – diese Texte können deutliche Spuren von Ironie oder schwarzem Humor enthalten.

Die Autorin

Andrea Rohmert, geboren 1978 in Bottrop, studierte Germanistik und Geschichte in Bochum. Sie lebt und arbeitet in Gelsenkirchen.

Andrea Rohmert

Kopfkino

**Geschichten von hier und da
und irgendwo dazwischen**

Bibliografische Information der Deutschen
Nationalbibliothek:
Die Deutsche Nationalbibliothek verzeichnet diese
Publikation in der Deutschen Nationalbibliografie;
detaillierte bibliografische Daten sind im Internet über
http://dnb.dnb.de abrufbar.

Fotos: Andrea Rohmert

Herstellung und Verlag: BoD – Books on Demand,
Norderstedt

ISBN: 978-3-7460-9529-5

Inhaltsverzeichnis

Willkommen im Kopfkino

Manchmal genügt ein Bild, ein Wort oder ein Erlebnis, und dann startet das Kopfkino unaufhaltsam. Es hält sich nicht an Genres oder den passenden Moment, es passiert einfach. Und das ist auch gut so, denn was wäre das Leben ohne Vorstellung?

Im Kopfkino sind Getränke und Snacks umsonst, und die Zahl der Saalidioten – also die Zahl derer, die genau in der Reihe hinter oder vor einem sitzen, an den spannendsten Stellen sinnfreie Bemerkungen machen, sich während der Vorstellung über den Film beschweren, Nachos und Popcorn fressen und dabei olfaktorisch und akustisch zum Killer sämtlicher ruhiger Szenen werden – diese Zahl also lässt sich im Kopfkino prima reduzieren. Man darf nur nicht zu Selbstgesprächen neigen.

Allerdings hat das Kopfkino auch Nachteile: Man kann den Film nicht zwischendurch anhalten, wenn man aufs Klo muss, ungestört aufs Smartphone linsen, vielleicht sogar während des Films bügeln oder zu Abend essen möchte – Kopfkino ist weder multifunktional noch multiplex.

Eigentlich hat man nur die Wahl, das Kopfkino sofort abzuwürgen und durch möglichst harte Realität zu ersetzen, oder sich darauf einzulassen und es zu genießen, solange es anhält.

Uneigentlich ist das nicht einmal eine Wahl.

Theorie und Praxis

Navigationssystem

Zehn Minuten vor seinem Termin hastete Marvin aus der Tür. Nie hatte er sich so sehr gewünscht, noch zu studieren; das berühmte akademische Viertel käme ihm jetzt gerade recht, wenn er nicht zu spät ankommen wollte. Wer hatte überhaupt diese Verabredung getroffen? Hätte er eine Sekretärin besessen, so wäre sie von Minute an entlassen gewesen.

Es nieselte, sogar ziemlich heftig, doch wie gewöhnlich hatte Marvin auf seine Jacke verzichtet. Männer froren nicht, und im Auto behinderte ihn eine Jacke doch bloß. Als sich jedoch die feinen Tropfen in den Stoff seines Hemdes sogen und es um seine Schulterpartie herum feucht wurde, fluchte Marvin herzhaft, zog den Kopf beim Laufen wie eine Schildkröte ein und fuchtelte mit der Fernbedienung seiner Zentralverriegelung herum, bis endlich sein Wagen aufblinkte. Er hatte ihn ein Stück die Straße hinunter geparkt, und trotz seiner Eile und des feuchten Hemdes genoss Marvin für einen winzigen Moment wieder das Gefühl, durch die Fernbedienung mit seinem Wagen nahezu kommunizieren zu können. Er brauchte ihn, als Schutz, als Transportmittel, als Freund, und schon leuchteten die Blinker orangerot auf. Das erinnerte ihn jedes Mal nostalgisch an Knight Rider, jene amerikanische Serie mit dem sprechenden Wunderauto K.I.T.T., und für wenige Herzschläge fühlte er sich wie David Hasslehoff – nur ohne die hässliche Frisur und die billige Lederjacke.

Als er hinter das Lenkrad seines Autos glitt, warf

er einen raschen Blick auf seine Armbanduhr, während er mit der anderen Hand bereits den Schlüssel in den Anlasser fummelte und herumdrehte. Sein Wagen schnurrte wie ein Kätzchen, die Scheibenwischer surrten herbei und befreiten die Windschutzscheibe von abertausenden kleinen Regentröpfchen, und Marvin atmete erleichtert auf. Mit etwas Glück und wenn er sofort einen Parkplatz fand, würde sich seine Verspätung so sehr in Grenzen halten, dass er sogar noch beinahe als pünktlich gelten konnte – sofern man beide Augen fest zudrückte.

»Herzlich willkommen«, erklang eine warme, freundliche Frauenstimme von den Armaturen, kaum dass das Auto sich in den Verkehr eingefädelt hatte. Marvin zuckte zusammen, erkannte dann aber sogleich den Klang seines Navigationssystems. Egal wie lange er es schon besaß, es versetzte ihm doch noch immer einen Schrecken, wenn er allein im Wagen saß und jemand ihn ansprach. »Dies ist Ihr automatischer Navigationsservice. Mein Name ist Rita, und ich werde Sie sicher an Ihr Ziel geleiten. Bitte nennen Sie den Zielort.«

»Nein danke«, erwiderte Marvin fest, während er zunächst umsichtig seine Fahrt verlangsamte, um dann mit Vollgas über ein Stoppschild zu brettern, als er sicher war, dass niemand kam. Er hatte sich damals für das wahnsinnig überteuerte Modell mit Spracherkennung entschieden, um die Hände zum Lenken und Rauchen freizuhaben. Außerdem fand er die Knöpfe an den meisten Geräten zu winzig und ihre Bedienung zu kompliziert. »Ich brauche dich heute nicht. Ich kenne den Weg.«

»Seit wann?« Die Freundlichkeit aus der Stimme war mit einem Schlag verschwunden; nun war deutlich ein gekränkter Klang zu vernehmen, nur um in automatisch-höflicher Tonlage zu wiederholen: »Bitte nennen Sie den Zielort.«.

»Oh nein.« Ächzend verdrehte Marvin die Augen. »Nicht heute! Nicht jetzt! Ich habe keine Zeit für einen Streit!« Außerdem schien der Ford vor ihm einen Rekord im Kriechen aufstellen zu wollen; nur gut, dass er gleich abbiegen musste.

»Du solltest dir die Zeit aber nehmen. Sonst verfranzt du dich nur und schimpfst du dann auf mich, nur weil *du* dir wieder mal zu fein warst, dein Navigationssystem um Hilfe zu bitten. – Bitte dem Straßenverlauf folgen.«

»Rita«, versuchte er es im Guten. Zu dumm, dass sie heute zum Diskutieren aufgelegt war; für gewöhnlich schwieg sie nur eingeschnappt, wenn er sie nicht nutzte, um sich dann bei ihrem nächsten Einsatz mit einem tückischen Umweg zu rächen. »Ich fahre nur zur Bahnhofsstraße. Den Weg fahre ich jede Woche zweimal! Ich kenne ihn!«

»Das hat Odysseus auch vom Heimweg nach Ithaka behauptet, und wie lange hat er gebraucht? Zehn Jahre!«

»Das könnte auch an Heras und Poseidons Fluch gelegen haben«, brummte Marvin. Im Moment hätte er die Wut der griechischen Götter, die er einst studiert hatte, gern in Kauf genommen, wenn er Rita dafür eintauschen könnte.

»Ausreden«, behauptete das Navigationssystem knapp. »An der nächsten Kreuzung bitte rechts abbiegen.«

Marvin sparte sich den erneuten Hinweis, dass er den Weg kannte, seufzte schwer und betätigte den Blinker. Vielleicht sollte er Rita einfach nebenher laufen lassen; ihre Stimme ging ihm zwar nach einigen Minuten immer schrecklich auf die Nerven – hinter dem metallischen Beiklang klang sie wie eine dieser ewig freundlichen Nachrichtensprecherinnen, die einem vermutlich auch dann noch ins Gesicht lächelten, wenn man ihnen gestand, gerade ihren kleinen Hund überfahren zu haben. Marvin sah sich selten Nachrichten im Fernsehen an; er las Zeitung – oder schaltete den Ton ab. Nur dumm, dass er das bei Rita nicht konnte.

»Bitte wenden Sie den Wagen bei nächster Möglichkeit. Sie haben Ihren Abzweig verpasst. Bitte wenden.«

»Habe ich nicht, Rita«, widersprach er mechanisch. »Das ist eine Abkürzung.«

»Oh, eine Abkürzung!« Das Navigationssystem blinkte hektisch auf. »Bin ich hier das Navi, oder du? – Bitte wenden.«

»Ich werde nicht wenden!«, erklärte Marvin energisch. »Ich bin knapp dran, und wenn ich nicht über die Hauptstraße fahre, spare ich mir eine Ampel. Dann biege ich den Goetheweg, und dann...«

»Bitte wenden«, wiederholte die Stimme stoisch. »Ihr Umweg beträgt 730 Meter.«

»Mein Umweg ist eine Abkürzung«, knurrte

Marvin hartnäckig.

»Route wird neu berechnet.« Es klickerte leise. »Bitte biegen Sie an der nächsten Ampel links ab.«

»Ich bin schon in der richtigen Spur«, murmelte Marvin leise. Am Ende der Straße sprang die Ampel auf Rot, und Marvin trat energischer auf die Bremse als nötig. Vielleicht hätte er die Bedienungsanleitung besser gelesen, anstatt sie gleich ins Altpapier zu werfen. Andererseits hatte er es als unter seiner Würde betrachtet, sich mit so einem Schriftstück herumzuplagen. Seine Ikea-Möbel standen doch auch, ohne dass er die Anleitung gebraucht hatte, und sie sahen beinahe so aus wie in den Katalogen.

»Du bist *nicht* in der richtigen Spur«, gab das Navigationsgerät eingeschnappt zurück. »Du müsstest nämlich eigentlich wenden, weil dieser Weg viel länger ist.«

»Aber er ist schneller.« Diese Nörgeleien konnten nicht normal sein! Vielleicht gab es eine Erklärung, wie man diese umgehen konnte. Oder wenigstens den Ton abdrehen wie bei den Ansagerinnen. Seine Finger trommelten auf dem Lenkrad und dem Schalthebel der Gangschaltung, und kaum sprang die Ampel auf Grün, drückte Marvin das Gas durch.

»Papperlapapp. In vierzig Meter links abbiegen. Folgen Sie dem Straßenverlauf.« Einen Moment lang waren nur die Geräusche der Scheibenwischer und des Motors zu hören. Dann meldete sich das Navigationsgerät gekränkt zu Wort. »Warum *fragst* du mich eigentlich nicht, wenn du eine Abkürzung suchst? Und ras nicht so.«

Er sog tief die Luft ein, um sie dann in einem gewaltigen Stoß wieder auszublasen. ‚Neuheit' hatte auf der Packung gestanden. ‚Innovation'. ‚Technisches Meisterstück'. Hätten sie nicht auch einen Warnhinweis über die anstrengende Persönlichkeit des Sprachchips hinzufügen können? Jahrelang hatte es geheißen, diese Technologie stecke noch in den Kinderschuhen; dass sie mittlerweile in die Pubertät gekommen war, hatte man den Verbrauchern allerdings verschwiegen. »Ich habe dich nicht gefragt, weil...«

»Oh, lass mich raten. Weil Männer nicht nach dem Weg fragen. – Fahren Sie in den Kreisverkehr und nehmen Sie die zweite Ausfahrt. – Männer kennen den Weg.«

»In diesem Fall: ja.« Darauf hatte er sie jetzt doch schon oft genug hingewiesen.

»Und es interessiert sie natürlich nicht, dass ihr Weg nicht unbedingt der schnellste oder kürzeste ist. – Bitte folgen Sie dem Straßenverlauf.«

»Dieser hier *ist* schneller.« Warum diskutierte er eigentlich mit ihr? Er hatte oft seinen Computer bei Abstürzen, seinen Drucker bei Papierstau und seinen Toaster bei verkohlten Brotscheiben angeschnauzt, aber damals war er noch auf der sicheren Seite gewesen und hatte keine Widerworte befürchten müssen. Hätte er sich das Schimpfen doch nur nie angewöhnt!

»Männer«, ließ sich das Navigationssystem vernehmen, »Männer lassen sich da ja sowieso nicht hereinreden, richtig? Richtig«, gab es sich selbst die

Antwort. »In hundert Meter rechts abbiegen und gleich darauf wieder rechts. – Der Weg ist das Ziel. Alle Wege führen nach Rom. Philosophisches Exkrement!«

Nun, dachte Marvin, zumindest der Fluchfilter funktionierte. Es hätte ihm noch gefehlt, wenn sein Navigationssystem ihn etwa während einer Verkehrskontrolle als blödes Arschloch bezeichnet hätte, nur weil er es wagte, entgegen der Anweisungen auf offener Strecke zu halten. Die Firma, die das Gerät hergestellt hatte, gab sicher keine Garantien für Bußgeldbescheide wegen Beamtenbeleidigung.

»Odysseus brauchte nach Ithaka...«

»...zehn Jahre, das hast du schon gesagt.«

»An der nächsten Kreuzung geradeaus.« Selbst in dieser nüchternen Anweisung vermeinte Marvin leise Kränkung zu vernehmen. Das Navigationssystem hasste es, auf Fehler oder Wiederholungen hingewiesen zu werden, aber in diesem Fall hatte er es sich nicht verkneifen können. »Odysseus war noch ein Waisenknabe. Moses rannte vierzig Jahre durch die Wüste. Er hat so lange für den Weg gebraucht, dass er gestorben ist, ehe er nach Israel kam. Das wäre mit mir nicht passiert. – In siebzig Meter rechts abbiegen.«

»Nein, mit dir hätte er keine vierzig Jahre gebraucht«, brummte Marvin einlenkend. Allerdings, fügte er in Gedanken hinzu, hätte er mit Rita auch nicht das Rote Meer geteilt. Zum einen wäre das ja eine nicht verzeichnete Abkürzung gewesen, und zum anderen hätte er das Meer noch gebraucht, um das rechthaberische Navigationssystem darin zu ertränken. Warum hatte man nie ein Meer zur Verfügung, wenn man eins brauchte?

»Und Lindenberg...«

»Du meinst Lindbergh«, verbesserte er unwillkürlich.

»Ich bin mit mehr Daten gefüttert − bitte biegen Sie rechts ab − als du Haare auf dem Kopf hast, da werde ich doch wohl noch wissen, wen ich meine! Wäre Lindenberg jedenfalls mit dem Auto gefahren, hätte es nie ein Lied über Pankow gegeben, weil er nicht nach dem Weg gefragt hätte und statt an der Berliner an der Chinesischen Mauer gelandet wäre! − An der nächsten Kreuzung geradeaus. In fünfzig Metern haben Sie Ihr Ziel erreicht.«

Überrascht stellte Marvin fest, dass das Navigationssystem die Wahrheit sagte: Dort vorn lag die Bahnhofsstraße. Er war so in Gedanken gewesen, dass er gar nicht bemerkt hatte, dass er bereits angekommen war.

»Das ging ja schnell«, murmelte er, und zu seiner grenzenlosen Überraschung entdeckte er sogar eine freie Parklücke, nur wenige Meter von seinem Ziel entfernt. »Halleluja«, grinste er zufrieden.

»Nichts zu danken«, erwiderte das Navigationssystem spitz. »Vielen Dank, dass Sie sich für unser Produkt entschieden haben. Noch einen angenehmen...«

Marvin würgte ihm den Saft ab, als er den Motor abstellte und den Schlüssel abzog. Ein Blick auf die

Uhr verriet ihm, dass er erst eine winzige Minute hing, und so schnallte er sich ab, stieg hastig aus und schaltete im Laufen die Zentralverrieglung ein. Die Lichter blinkten, und für einen Moment war er James Tiberius Kirk, der in hautenger Uniform und im letzten Moment mit seinem Phaser einen gefährlichen Feind heldenhaft erledigt hatte. Dann verstaute er den Autoschlüssel in der Hosentasche, fuhr sich mit der Hand durchs Haar und beschleunigte wieder seine Schritte. Hoffentlich würde er nicht wieder das Pech haben, unter all den Aufzügen im Ärztehaus ausgerechnet den sprechenden zu erwischen, der neben der Ansage der Stockwerke auch immer Stylingtipps gab und sicher etwas an seinem feuchten, zerknitterten Hemd auszusetzen hatte. Zu dumm, dass das Beamen noch nicht erfunden war, damit würde er sich eine Menge Zeit sparen, pünktlich kommen und seine Therapeutin nicht verärgern, weil sie auf ihn warten musste. Er konnte jetzt schon ihre erste, schnippische Frage mit an Sicherheit grenzender Wahrscheinlichkeit vorhersagen.

»Und, Herr Munski, haben Sie in letzter Zeit wieder fremde Stimmen gehört?«

Stimmen – er hörte doch keine Stimmen!

Therapie

»Wissen Sie, dass Sie der einzige Mensch sind, der mir zuhört?«

»Ach was.«

»Doch, wirklich! Alle anderen, die schauen doch immer nur interessiert, wenn sie sich überhaupt die Mühe dazu machen. Aber Sie, Sie hören mir wirklich zu. Sie wissen gar nicht, was das für mich bedeutet!«

Doch, dass wusste sie. Es bedeutete eine gut dotierte Rechnung über 45 Minuten Therapiesitzung. Und es bedeutete, ein unausstehlicher, ebenso arroganter wie wehleidiger Egozentriker zu sein, dem es trotz zweier Ehen nicht gelungen war, die eigenen soziopathischen Tendenzen zu erkennen! Und wenn er noch einmal an seinem Brillengestell lutschte, so wie jetzt, dann würde sie ihm das Ding wegnehmen und ins Auge rammen! Dachte er wirklich, damit listig intellektuell auszusehen?

Sie rang sich ein schmales Lächeln ab, das er mit einem dankbaren Hundeblick honorierte. »Kommen wir doch aufs eigentliche Thema zurück«, sagte sie und beugte sich sacht vor, um das rechte Bein über das linke zu schlagen und dabei gleichzeitig nach ihrem Wasserglas zu greifen. Gern hätte sie ihm ins Gesicht gesagt, was für einen schalen, abgestandenen Geschmack diese Sitzungen mit ihm immer auf ihre Zunge trieben, aber das würde jeden Therapieerfolg in Frage stellen. Würde sie jeden Patienten, der sie langweilte oder anwiderte, vor die Praxistür setzen, hätte sie zwar eine Menge Freizeit, aber wovon dann die Rechnungen bezahlen? »Sie haben mir von Ihrer Kindheit erzählt.«

»Ach ja«, seufzte er und zog sich den Brillenbügel aus dem Mundwinkel. Seine Schultern sackten herab, der Hundeblick wurde dunkel, und nachdem er die Brille auf den Tisch gelegt hatte, faltete er die Hände wie ein Chorknabe davor. »Meine Kindheit. Schon damals hat mir ja nie jemand zugehört.«

Er holte tief Luft, und während er von den harten Zeiten in den Plattenbauten der 1970er Jahre erzählte, zückte sie den Stift und malte einen kleinen Strich für jede selbstmitleidige Bemerkung, die der Welt die Schuld für sein verkorkstes Leben zuschusterte. Beim letzten Mal hatte sie 24 gezählt, das war ein neuer persönlicher Monatsrekord. Sie hatte nur zwei Patienten, die es auf mehr Striche brachten.

Er war ein Erfolgsmann. Zumindest behauptete er das von sich. Die sonnenbankbraune Haut konnte nicht über die Falten und den Silberanflug im Haar hinwegtäuschen, und eines Tages würde auch sein Kleiderschrank feststellen, dass er älter geworden war. Noch sah er mit seiner Lederjacke aus wie der alte Elvis, erblickte im Spiegel aber wohl das wesentlich jüngere Modell seiner Selbst, und wenn die schwarzen T-Shirts und Hemden über dem Bauchspeck spannten, nahm er sich jedes Mal vor, wieder Sport zu treiben, aber der Job! Der Job! Man brauchte ihn doch dort, denn ohne ihn fiele dort jeder vom Stuhl, wenn nicht sogar gleich ins Koma. Und dabei waren die alle so undankbar! Als er seinen bitter nötigen dreiwöchigen Urlaub genommen hatte, hatten sie darauf hingewiesen, dass mitten drin ein sehr wichtiger Termin läge. Wichtig! Und seine Gesundheit? Seine Entspannung? Er hatte sich genötigt gefühlt, von Ibiza aus anzurufen, ganze zwei Mal, und natürlich war alles ganz wunderbar gelaufen, auch ohne seine Anwesenheit. Natürlich sei das nur Zufall gewesen, hatte er behauptet.

Sie lauschte halbohrig seiner Kummerlitanei über nie geschenkte Hundebabys, ungerechte Lehrer, die ihn auf dem Kieker hatten, weil seine Mutter die schönste Frau im Elternbeirat gewesen sei, über die Kinder auf dem Bolzplatz, die ihn in seinen zahlreichen Fehlstunden immer erst als zweiten oder dritten in die Mannschaft gewählt hatten, weil sie seine Dribbelkünste alle unterschätzten, und über die schönen Tage bei seinen Großeltern im Sauerland. Alles Natur da, stundenlanges Wandern und Picknicken auf umgestürzten Bäumen. Keine Autobahnen, die hier ja überall seien, und dauernd waren sie verstopft, wenn er es eilig hatte! Und die Schaukel! Die Schaukel im Garten seiner Großeltern, da hätte er ja Stunden drauf verbracht. Es wäre immer so schön gewesen, davon zu springen, er hätte sich dann vogelfrei gefühlt. Das sei so ein schönes Gefühl, dieses Springen. Springen, nicht fallen. Losgelöst von allem, allen Sorgen und jedem Kummer. Er würde immer öfter überlegen, das wieder zu tun, dieses Springen.

Das war ja kaum noch zu ignorieren. Wenn ihre Patienten poetisch wurden, verschrieb sie ihnen immer Valium, schon aus Prinzip. Sie lächelte ihn mitfühlend an und ließ den Blick dann über seine Schulter irren. Sie könnte mal wieder streichen. Das Perlweiß der Wand bekam einen Anflug von Pissgelb, zumindest oben an der Decke. Ob das am heimlichen Rauchen lag? Sie runzelte die Stirn. Setzte sich heimliches Nikotin aus purer Bosheit schneller auf Tapeten ab? Ihre Sprechstundenhilfe ahnte es sowieso längst und versteckte ihr die Feuerzeuge, wenn sie sie auf dem Schreibtisch liegen ließ, aber verräterische pissgelbe Flecken... gut, es war kein Pissgelb. Es war Nikotingelbbbraun. Aber sie könnte auf jeden Fall mal wieder streichen. Oder wenigstens lüften! Kam ihr das nur so vor, oder könnte man die Luft hier drinnen in Stücke schneiden? Als wäre jedes Sauerstoffatom schon längst weggeatmet worden. Ihr Zimmerficus konnte dagegen nicht anphotosynthesen; die benutzte Luft hing zäh in ihren Nasenflügeln, quälte sich durch ihre Luftröhre wie über die A40 im Feierabendverkehr und verpuffte dann irgendwo an den Lungenbläschen. Wieder mal frei durchatmen, unbeschwert von ihren Patienten, das wäre es!

»Sie gucken so skeptisch.«

»Wie bitte?« Blinzelnd bemühte sie sich, wieder zu der teilnahmsvollen Mimik zurückzufinden, die ihr lauter positive Evaluationsbögen bei den jährlichen anonymisierten Therapeutenbefragungen einbrachte. Ein Mann, der ein teilnahmsvolles Gesicht sah, fühlte sich gleich verstandener, und sie therapierte nur Männer.

»Ich weiß, sechs Meter klingen viel«, verteidigte er sich mit falscher Bescheidenheit, »aber ich war schon als Kind sehr gut in Mathematik. Wenn man am Scheitelpunkt abspringt, sind sechs Meter auch von einer Kinderschaukel möglich.« Er seufzte. »Mein Großvater war immer so stolz auf mich. Er hat mir die Schulter getätschelt und gesagt, ich wäre schon ein richtiger Mann. Und dann hat er Lungenkrebs bekommen. Ach, es war immer so schön im Sommer!«

Hastig versuchte sie, ihre Erinnerungslücken an sein Geblubber durch Logik zu schließen. Kinderschaukel, springen, sechs Meter – er hatte wohl von irgendwelchen Kindheitsheldentaten geprahlt. Mal wieder. Er war auch der König der Carrerabahn gewesen und hatte sechs Tore in einem Fußballspiel geschossen. Oder in einer Halbzeit? Dass er nie eine Ehrenurkunde bei den Bundesjugendspielen gewonnen hatte, lag nur daran, dass der Sportlehrer, der ihn nicht leiden konnte, die Zeiten nahm und viel zu spät auf den Stopper gedrückt hatte. Dass er derzeit mit den öffentlichen Verkehrsmitteln fuhr statt mit seinem Sportwagen mit dem Fußgängerzielfernrohr in Sternform auf dem Kühler, lag an der Humorlosigkeit der Verkehrspolizei. Dass er nach Ibiza statt auf die Bahamas fuhr, an der Uneinsichtigkeit der Familienrichter für seine persönlichen Bedürfnisse. Dass nicht er befördert wurde, sondern die Emanzen-Schnepfe, lag an der Frauenquote, die der Staat nur eingeführt hatte, um seinen Weg an die Spitze zu beenden. Bosheit, wohin man sah.

Sie ignorierte, dass ihr das mit dem Scheitelpunkt spanisch vorkam, und wollte mit lapidarer Freundlichkeit dazu übergehen, ihn zum Weitersprechen aufzufordern, nur war das unnötig.

»Natürlich könnte ich das auch heute noch«, erklärte er gerade großspurig. »Das ist wie Radfahren, das verlernt man nicht.«

»Es gibt einen Spielplatz unten im Hof«, entfuhr es ihr, und gleich darauf bereute sie es schon. Einen Patienten vorzuführen, und sei er auch noch so ein großkotziges Arschloch – das widersprach ihrem Berufsethos.

»Ach was.« Er befeuchtete sich die spröden Lippen mit der Zungenspitze, zupfte an seinem spannenden T-Shirt und rettete sich dann in ein Lachen. »Das war doch sicher ein Scherz.« Dabei griff seine Hand nach der Brille, er klappte einen Bügel fort, und dann schob er sich dessen Ecke in den Mundwinkel. Blick nach oben, Hundemodus ein. Er sah aus wie ein intellektueller Dackel, und die kaufte man in der Zoohandlung zusammen mit schwarzen Schimmeln und plüschigen Nacktschnecken.

Wenn sie es recht bedachte, war so ein bisschen Vorführen gar nicht gegen ihr Ethos. Es lag mehr in einer Grauzone, auf der Skala irgendwo zwischen der Rachsucht für endlose öde Stunden der Selbstbemitleidung mit ihr als Ohrenzeugin und zwischen der Bosheit, die in ihr kochte. »Nein, kein Scherz«, fuhr sie fort. Energisch schob sie das Bein von ihrem Knie und erhob sich. »Es könnte Ihnen helfen, sich in eine glücklichere Zeit zurückzuversetzen. Ein bisschen

Schwung in Ihre Erinnerungen bringen.« Oh, sie konnte es sich schon bildlich vorstellen! Er würde auf der Kinderschaukel sitzen, seine Fettbacken würden hinten und vorn über das schmale Brett quellen, und die Schaukelketten würden sich in seine Oberschenkel schneiden, noch ehe er überhaupt richtig saß! Und mit etwas Glück verlor er sogar das Gleichgewicht, fiel nach hinten und knallte mit dem Kopf auf den Rand des Sandkastens, weil er selbst dabei die fulminante Strecke von sechs Metern hinter sich bringen würde, einfach nur im Fallen! Und wenn es ihm nicht gelang, lag es daran, dass die Schwerkraft ihn nicht mochte.

»Also, ich weiß nicht«, druckste er verlegen herum, entließ den Brillenbügel geschockt aus der feuchten Mundwinkelumarmung und setzte sich die Sehhilfe stattdessen auf den Nasenrücken. »Ich habe dafür auch gar nicht die richtigen Schuhe...«

»Ach was. Das wird schon gehen«, unterbrach sie ihn strahlend und reichte ihm die Hand. Natürlich hatte er nicht die richtigen Schuhe an, jedenfalls nicht die richtigen Schuhe für einen Mann seines Alters. Er trug 'Sniiekhärrs', denn er sprach Sneakers übertrieben amerikanisch aus, mit rollendem R aus dem Kehlkopf, vielleicht weil Turnschuhe zu alt klangen oder er seine Schuhe sonst mit einem Schokoriegel mit Erdnüssen verwechselt hätte. Aber warum er blendend weiße Turnschuhe ausgesucht hatte, wusste wohl nur die Modezeitschrift, die seine Tochter aus erster Ehe beim wochenendlichen Pflichtbesuch auf seiner Toilette vergessen hatte.

»Wir gehen nach unten, Sie schließen die Augen, und dann machen Sie einen winzigen Sprung, wie in Ihrer Kindheit. So etwas nennen wir Temporaryly Recurrent Actment, das befreit den Geist!« Herrje, wieso fiel ihr so ein falscher Fachausdruck nie ein, wenn sie eine Ausrede für ein Treffen mit ihrem Steuerberater brauchte? »Glauben Sie mir, das wird ein Meilenstein in Ihrer Behandlung!« Und eine gute Anekdote für ihre nächste Party. Sie musste nur behaupten, es unter dem Siegel der Verschwiegenheit von einem Kollegen gehört zu haben.

»Haben wir denn dafür überhaupt noch Zeit?« Nervös schielte er auf seine überteuerte Armbanduhr, deren Funktionen der Nutzlosigkeit ihres Designs in nichts nachstanden. »Die Sitzung ist doch schon fast vorüber.«

»Ach was, das dauert doch nicht lange.« Er erhob sich umständlich, seine schwitzigen Finger in ihre Hand gepresst. Es war das erste Mal, dass ihr der Körperkontakt mit ihm nicht unangenehm war. Sicher, er war kein unattraktiver Mann, aber das hatte ihm frau viel zu oft gesagt, und seither hielt er sich nicht nur für ein Geschenk an die Weiblichkeit, sondern für eine Offenbarung. Ein paar potenzsenkende Mittel hätte sie ihm zu gern verschrieben, aber das hätte die jugendliche Gespielin vielleicht vertrieben, die er sich derzeit hielt und deren Fotos immer rein zufällig aus seiner Brieftasche schauten, und noch hoffte sie, dass die ihn so richtig bis auf die Knochen auszog, solange er sich in seinem Narzissmus sonnte. »Und sollten wir wirklich überziehen, stelle ich es Ihnen nicht in Rechnung.«

Unter normalen Umständen hätte ihn das aufgebaut, doch die Aussicht auf die Schaukel schien ein Dämpfer zu sein, den selbst Gratis-Geschenke nicht ausräumen konnten. »Vielleicht verschieben wir das aufs nächste Mal, ja?«, probierte er es erneut. »Ich könnte dann besseres Schuhwerk anziehen. So ein Sprung will ja auch vorbereitet sein.«

»Was wollen Sie denn da vorbereiten?«, lachte sie. Wollte er schon einmal proben, auf die Nase zu fallen? Uh, das würde ihr fast noch besser gefallen als der Sturz nach hinten! Er würde aus der Schaukel plumpsen wie eine überreife Pflaume, und wenn er sich dann stöhnend aufrichtete, die Fresse voller Sand, würde die Schaukel ihm im Zurückschwingen von hinten eins über den Schädel ziehen. So war es Usus in jedem halbwegs guten Cartoon.

»Wissen Sie...« Wieder zögerte er, und die Tatsache, dass er sich in seiner Angst vor einer Blamage gerade vor ihren Augen wand wie ein Aal in der Badewanne, den rettenden Beckenrand immer vor Augen und doch in seinem porzellanenen Luxusgefängnis eingesperrt, erinnerte sie wieder daran, warum sie diesen Job gewählt hatte: Es war nicht der Wunsch, Menschen zu helfen, sondern die Freude an ihrem Untergang. »Wissen Sie, als ich vorhin davon sprach, dass ich immer öfter daran denke zu springen, da meinte ich eigentlich weniger: von einer Schaukel.«

Sie runzelte irritiert die Stirn. »Wann haben Sie

gesagt, dass Sie springen wollen?«

Verdattert ließ er ihre Hand los, und wo sich eben noch feucht-warmes Fleisch gegen ihre Hand gepresst hatte, wurde es kühl, und leise fragte er: »Haben Sie mir denn nicht zugehört?«

Die gute Tyrannin

Neulich ist es mir klargeworden: also meine Zukunft, mein Schicksal und der ganze Rest. Es geschah am Nachmittag, als ich gerade durch die zweiundvierzig Kanäle meines Fernsehers zappte und dieses vorgeführte »Möchtegern-Modell kocht mit echtem Polizisten im Zoo«-Elend satt war. Da begriff ich.

Die Welt ist in einem miserablen Zustand. Das zu erkennen braucht es nicht einmal das Nachmittags-programm, auch wenn das ein deutlicher Beweis für den ruinösen Status Quo ist. Nein, es geht weit über den medialen Exkremismus hinaus: Ein selbst-gerechter Milliardär erklärt China in 140 Zeichen den Krieg, woanders spielt ein kleiner Mann mit Atomwaffen und Weltfrieden, geldhungrige Schein-europärer sperren Justiz und Presse ein, die Erst-weltler schmeißen weg, was den Drittweltlern im Magen fehlt, beschweren sich aber, wenn die deshalb in die erste Welt umsteigen wollen, die gesteinigte Frau wird neben dem gehängten Schwulen verscharrt, Bomben zerlegen Städte, und lauter Typen, die alle an nur einen Gott glauben, bringen sich gegenseitig um, weil sie sich nicht auf dessen Namen einigen können. Ganz zu schweigen von Cola ohne Zucker und Müsli-Werbung ohne Moral.

Da könnte man Amok laufen, zynische Blogs schreiben oder ins Apple-Kloster gehen. Ist aber auch alles scheiße. Meckern kann jeder, aber besser wird davon ja nichts. Es müsste jemanden geben, der das alles besser macht. Der die Menschen in den Griff kriegt. Und da ich gerade sozusagen zwischen zwei Jobs hänge, könnte ich das doch übernehmen. Freiwillig. Und erst mal ohne Bezahlung. Ich eröffne eine Ich-AG zur Rettung der Welt, des Menschen und des ganzen Rests. Das ist mein Schicksal. Weil's sonst keiner anständig macht.

Denn Theologie hin, Philosophie her: Auf den, der einen Plan von der Welt hat, warten wir doch alle. Solange man Kind ist, glaubt man, der Plan würde zum achtzehnten Geburtstag im obersten Päckchen liegen, und was ist das für ein Drecksgefühl, wenn man dann doch nur Tokio Hotel kriegt. Oder Helene Hegemann. Oder was auch immer. Der Plan fehlt, doch wenn man erst mal einen Plan hat... Na, dann sehe ich weiter.

Apropos Plan. Die Welt zu verbessern und die Menschen in den Griff kriegen, klingt ja für den Anfang nicht so ganz leicht. Dürfte auch ein bisschen dauern. Muss ich dafür wohl in die Politik?

Diese Idee beschäftigt mich ein Weilchen, so etwa fünf Minuten lang, aber dann habe ich alle wichtigen Pro und Contras gesammelt. Demokratie finde ich nicht schlecht. Minderheitenschutz, Meinungsfreiheit, einer für alle und alle für einen – doch, das kriegt ein fettes Plus. Nur sind Politiker alle Kotzbrocken. Alle, sogar die Trudeaus dieser Welt. Mal ehrlich: Wer mit Berufswunsch Politiker aufsteht, muss doch mit dem Klammerbeutel gepudert sein. Allein wie ich dann reden müsste... Immer schön unverbindlich, immer alles so ausdrücken, dass es entweder gar nicht schlimm klingt oder von keinem verstanden wird. Politik, das ist die Kunst, was zu sagen, damit man was sagt, nur um mit dem, was man dann sagt, nichts zu sagen. Jedenfalls nichts Wichtiges.

Nö. Da kriege ich ja Krätze auf der Zunge von meinen eigenen Worten.

Und überhaupt hat Demokratie dann ja doch diesen Nachteil, dass auch die Dummen wählen dürfen – die, die keine Ahnung haben oder (noch schlimmer) nicht meine Meinung, mal nicht mitgezählt. Wenn die Menschen erst mal clever wären, dann wäre Demokratie schon was Feines. Muss ich halt damit anfangen, die Menschen clever zu machen, nur hört ja noch keiner auf mich. So bräuchte man einen Tyrannen, der mit der Faust auf den Tisch haut, brüllt »So und so will ich das haben«, und dann wird das auch so und so gemacht. Bloß haben Tyrannen fast so einen miesen Ruf wie Politiker, und oft auch die Halbwertzeit einer Tüte Gummibärchen im Kindergarten.

Man müsste halt gut dabei sein. Also jetzt nicht *gut* wie *erfolgreich*, sondern *gut* wie *nett*. Wenn alle einen mögen und dann noch tun, was man ihnen sagt – rumms, bumms, aus die Maus, dann hätte man die Welt im Sack, und alles wäre in Ordnung.

Tja. Das wäre dann wohl der Plan. Gute Tyrannin werden. Und dann die Welt in Ordnung bringen. Kann man ja mal versuchen.

Bis zum Abend verbrachte ich die Zeit damit,

mich auf meine neue Arbeit einzustellen, psychologisch jetzt. Dann rief mein Freund an und fragte, ob ich Lust auf Kino hätte, und ich hörte aus seiner Stimme, dass er eigentlich auch nach anschließendem Geschlechtsverkehr fragte. Mal ehrlich: Da sitzt man da und überlegt, wie man die Welt und die Menschheit bekehrt, und dann wird man von so einem triebgesteuerten Egoisten dabei gestört. Ist es ein Wunder, dass ich nicht vor Freude an die Decke gesprungen bin?

»Nee, lass mal stecken. Ich kann gerade nicht. Ich habe einen neuen Job angefangen.«

»Echt? Hast du gar nicht erwähnt. Mensch, dann sollten wir das feiern! Soll ich rüberkommen?«

Rüberkommen, ja klar. Da muss ich ja erst gar nicht fragen, wie der sich das mit dem Feiern so vorstellt. »Nee, ich hab doch gesagt: Ich habe schon angefangen. Ich arbeite schon.«

»Um die Zeit?« Jetzt klingt er doch mal verwundert. »Was ist denn das für ein Job?«

»Gute Tyrannin.« Am Ende der Leitung ist es still. »Welt retten, du weißt schon. Schwierige Sache.« Immer noch totale Stille. »Hallo? Bist du noch dran?«

»Äh: Hallo? Hast *du* noch alle Tassen im Schrank?«

War ja klar. Da bräuchte man einmal etwas Unterstützung und Vertrauen, aber gleich wird der Verstand in Frage gestellt. »Mit der Einstellung hilfst du mir nicht gerade«, erwidere ich. Hält er vermutlich für zickig. Prä- oder postmenstruales Zickigkeitssyndrom, frei nach dem Motto: Nach der Regel ist vor der Regel.

»Du kannst keine gute Tyrannin werden. Und dann auch noch gleich von der Welt.«

»Womit würdest du anfangen? Sachsen?«

»Ich würde mit so einem Scheiß gar nicht anfangen.«

»Tja, kannst du ja auch nicht. Ist ja schon mein Job.«

Er atmet hörbar durch, und ich bin mal wieder froh, dass ich ihn dabei nicht ansehen muss. Er verdreht nämlich bestimmt gerade die Augen, und ich hasse es, wenn er die Augen verdreht. Da komme ich mir dumm vor.

»Es gibt keinen Job wie Tyrannin. Also, gibt es schon, aber das kannst du nicht einfach so sein. Tyrannen haben Militär hinter sich und die Medien, und außerdem haben sie die Politik korrumpiert oder sind das Ergebnis jahrhundertelanger autoritärer Inzest, und Knete haben sie auch noch. Berge von Geld, für Bestechungen und Waffen und – Zeug! Und was hast du?«

»Ich habe zumindest gesundes Selbstvertrauen und einen Plan. Der Rest wird doch überbewertet.«

»Einen Plan. So, du hast also einen Plan. Und was für ein Plan soll das sein, abgesehen von deiner absurden Behauptung, Tyrannin zu sein?«

»*Gute* Tyrannin«, verbessere ich ihn. »Das ist wichtig.«

»Ich hoffe sehr«, fährt er fort, und ich weiß einfach, dass er mir gerade nicht mal zugehört hat, »dass in deinem Plan auch eine ausgedehnte Therapie vorkommt. Ansonsten wird der nämlich da enden, wo deine ganzen anderen hehren Pläne geendet sind.

Du weißt schon: *Ich mach mein eigenes Kino auf und zeige nur gute Filme.* Oder: Ich *werde jetzt katholische Priesterin, so schwer kann das ja nicht sein.* Oder: *Ich wandere aus nach Spanien, da ist es wenigstens warm, und werde professionelle Touristin.*"

Zu meiner Ehrenrettung sollte ich sagen, dass ich weder schuld bin an der Filmindustrie, die nur noch Fortsetzungen dreht, noch an den verkrusteten Vorstellungen von uns als Papst – und meine Karriere als Touristin war zwei Wochen lang ein voller Erfolg, dann ist mir bloß das Geld ausgegangen.

»Verstehst du?«, fragt er und merkt sicher nicht mal, dass ich ihm nicht antworte. »Ein Plan endet nicht mit der Ansage 'Ich will'. Du solltest wenigstens eine Idee davon haben, wie du etwas anstellen willst. Und die Welt retten… Also Hut ab, da waren die zwölf Aufgaben von Herakles ja nichts gegen. Wo willst du da denn anfangen? Die Umwelt retten? Kriege verbieten? Krankheiten heilen und die Hungernden sättigen, aber gleichzeitig die Überbevölkerung beenden? Den Kapitalismus abschaffen, weil er die Menschen zu oberflächlichen, geldgeilen Konsumenten macht, und den Kommunismus gleich hinterher, weil der von einem unterflächlichen, philanthropischen Gemeinschaftsmenschen ausgeht, wo der Kern aller Menschen Dummheit und Eitelkeit ist? Oder fängst du klein an und leerst erst einmal die Tierheime, regelst den öffentlichen Personennahverkehr, verbietest Rauchen und den FC Bayern?«

»Boah, weißt du, was du mich mit deinem negativen Gelaber mal kannst?«, unterbreche ich ihn und verdrehe die Augen. Herrje, er kommt mir so dumm vor!

»Nee, kann ich ja nicht!«, ruft er in den Hörer. »Du bist ja jetzt Tyrannin und hast keine Zeit mehr für Kino!«

Ich lege auf. Das muss ich mir jetzt echt nicht mehr geben. Kurz überlege ich, ihn zurückzurufen und darauf hinzuweisen, dass es *gute* Tyrannin heißt, aber er würde vermutlich nicht mehr drangehen, und damit wäre mein letztes Wort... Scheiße. Ich habe gar nicht das letzte Wort gehabt!

»Arschloch«, sage ich laut. So. Hat er jetzt zwar nicht gehört, aber vom Prinzip her habe ich gewonnen.

Der Abend war nicht mehr so schön, und auch nicht besonders produktiv. Ich stand vor meinem Kleiderschrank und habe überlegt, was man als gute Tyrannin so trägt. Dann habe ich ein wenig über Tyrannen allgemein gegoogelt – es gab ja bisher wirklich richtige Arschlöcher, mit denen will ich später mal nicht in einem Atemzug genannt werden! – und anschließend hätte ich Lust auf Geschlechtsverkehr gehabt, aber der war ja nun allein mit seiner Hand oder im Kino.

Und deshalb habe ich damit angefangen, die Liste zu machen. Was verboten gehört und so. Und was ich stärken will. Sah dann etwa so aus:

Gute Dinge: Schönes Wetter. Gute Filme. Beides

durchgestrichen, denn das kann ja nicht das wichtigste sein. Bildung. Aufklärung (nicht nur sexuell, aber auch!). Gleichberechtigung. Freiheit (Religions-, Meinungs-, Versammlungs-, Redefreiheit - und Freiheit in der Wahl der Krankenkasse). Alle Menschen sind gleich. Frieden. Wasser und Essen für alle, auch für Tiere. Arbeit, die einem Spaß macht. Kunst (gute Filme und Bücher). Schöner Wohnen, also keine Slums. Autos, die die Umwelt nicht kaputt machen. Respekt.

Schlechte Dinge: Borussia Dortmund. Wieder durchgestrichen. Die sollten auf keiner Tabelle oben stehen. Krieg. Gewalt. Unterdrückung. Hunger. Nazis. Naturkatastrophen. Überbevölkerung. Auf den Zug warten müssen, der dann überfüllt ist. Talkshows. Folter. Krieg – hatte ich zwar schon, gehört ja nun aber auf jeden Fall mal verboten. Epidemien. Computerviren. Oberflächlichkeit. Kapitalismus – mit einem Fragezeichen dahinter, Geld finde ich ja zumindest schon mal nicht so schlecht, wenn man das einfach nur besser verteilte.

Die Liste ging noch ein ganzes Stück weiter, und es stand immer noch nicht alles drauf. Allerdings war die Zahl der schlechten Dingen schon so groß, dass mir vom Schreiben der Zeigefinger weh tat und mir auch ein bisschen schlecht geworden ist bei dem Gedanken, dass ich das alles da ändern oder ganz abschaffen muss, bevor die Welt gut ist. Und dass ich noch gar nicht weiß, wie ich das anstelle.

Jetzt aber die Idee mit der guten Tyrannin gleich sausen zu lassen, fand ich auch scheiße. Sie war zwar noch nicht alt, aber ich hatte diese Idee schon lieb gewonnen. Ich war quasi ihr Fan, und echte Fans wissen: Man wechselt nicht zum FC Bayern, nur weil man da die Titel garantiert kriegt. Man leidet jede verfluchte Saison, und wenn die Meisterschaft dann nur vier Minuten dauert, weil unfähige Zahnärzte in nicht berechtigten Nachspielzeiten nicht berechtigte Freistöße geben, dann ist das halt so, und die Trauer danach zerfetzt einem das Herz, aber die vier Minuten waren einfach geil.

Das will ich auch als gute Tyrannin: vier Minuten, in denen alles perfekt ist. Und das krieg ich hin. Ich arbeite einfach meine Liste ab, Punkt für Punkt.

So leicht ist Fußball, um es mit einem holländischen Philosophen zu sagen. Und die Welt zu retten kann ja auch nicht so viel schwerer werden als Titel mit Schalke zu gewinnen.

Tierisch

Der Reißwolf

Susannes Mittagspause ist gerade vorüber, als das Glöckchen über der Tür Kundschaft ankündigt. Ein junger Mann, Typus Akademiker in Ausbildung, tritt in den Eingangsbereich und atmet erst einmal tief durch. Wenn er glaubt, jetzt das Schlimmste überstanden zu haben, kennt er Susanne nicht!

»Kann ich Ihnen vielleicht behilflich sein?«, erkundigt sich Susanne mit ihrem 'Wenn-wir-es-nicht-haben-suchen-Sie-es-überall-umsonst'-Lächeln, gerade als der Kunde in spe beginnt, unschlüssig zwischen den Regalen herumzugehen, mal in das eine, dann in das andere Fach blickt, sich am Kopf kratzt, um schließlich nachdenklich mitten im Raum stehen zu bleiben.

Erleichtert erwidert er ihr Lächeln. »Hoffentlich. Ich suche einen Reißwolf. Führen Sie so etwas?«

Sein Atem riecht nach Zahnpasta. Er kann noch nicht lange auf sein – mittags! Dem blassen Gesicht nach ist er einer von denen, die sich die Nächte um die Ohren schlagen, um den nächsten Tag in aller Ruhe zu verschlafen. Mit dem wird sie schon fertig.

»Aber selbstverständlich.« Susanne macht eine einladende Geste und führt ihn zu einer anderen Regalreihe, wo sich Käfig an Käfig reiht. Der junge Mann, der ihr leicht schlurfend gefolgt ist, atmet hörbar auf. »Was für eine Art Reißwolf suchen Sie denn?«, erkundigt sich Susanne.

Er zuckt mit den Schultern. »Ja, ich weiß auch nicht so recht.«

»Vielleicht zeige ich Ihnen einfach mal ein paar

Exemplare.« Ohne auf seine Antwort zu warten, zieht Susanne ein leeres Blatt Papier aus ihrer Tasche und tritt an den ersten Käfig heran.

»Dies hier ist der Lupus 2000.« Sie wedelt mit dem Papier vor der Käfigtür herum. Prompt schiebt sich eine graue Schnauze durch die Gitterstäbe und schnappt vorsichtig nach dem Zettel. Danach sind nur noch Kau- und Schmatzgeräusche zu hören, bis ein weißlicher Ball Pampe aus dem Käfig gespuckt wird und auf den Boden fällt. »Eine Rechnung«, erklärt Susanne und stößt mit der Schuhspitze verächtlich gegen die Papierreste. »Der Lupus 2000 ist unser zuverlässigstes Modell für Standardarbeit: Rechnungen, Werbung, alte Briefe – was im Haushalt nun mal so anfällt.

Und das«, Susanne klopft auf einen großen schwarzen Käfig, aus dem prompt ein tiefes Grollen erklingt, »ist der Isegrim 600-b, mit dreifacher Reißstärke und eingebauter Alarmanlage. Auch geeignet für Akten, Papierstapel oder ganze Taschenbücher.« Sie zieht ein kleines gelbes Buch hervor. »*Die Elixiere des Teufels*, 375 Seiten«, erklärt sie nicht ohne Stolz dem jungen Mann, der mit großen Augen zusieht, wie Susanne sich bückt und das Büchlein vorsichtig zwischen die Gitterstäbe schiebt. Ein Reißen, und die Frau zieht hastig ihre Finger zurück. Wenige Augenblicke später fliegen gelbe und weiße Papierfetzen aus dem Käfig.

»Ein bisschen wild, nicht wahr?« Der junge Mann wischt sich fahrig den Schweiß von der Stirn.

»Zugegeben«, Susanne zuckt mit den Achseln,

»er ist nicht ganz leicht zu handhaben, aber in puncto Zuverlässigkeit, Durchsetzungsvermögen und Zerkleinerungsrate ist der Isegrim 600-b kaum zu übertreffen. Wenn Sie möchten, kann ich Ihnen die Bewertung von Stiftung Warentest zeigen.«

»Nein danke, nicht nötig«, unterbricht er sie rasch. »Ich bräuchte wohl doch etwas Kleineres. Vielleicht mit weniger Zähnen.«

»Wie Sie wünschen.« Ein Weichei. Na bravo. »Dann könnte ich Ihnen unseren Wolfi 200 empfehlen, ein ganz neues Produkt: handzahm, mit apartem Äußeren und klein genug, um ihn auch in der Hand- oder Aktentasche mitzunehmen.« Mit forschen Schritten nähert sich Susanne einer großen Box, öffnet sie und greift ohne Zögern hinein, während ihr Kunde vorsichtshalber einen Schritt zurücktritt.

Mit triumphierender Miene zieht Susanne ein winselndes graues Bündel aus der Box, und der junge Mann sieht sich mit einem Mal zwei großen Ohren, riesigen Pfoten, einer winzigen Rute, irgendwo zwischen den Hinterbeinen eingeklemmt, und einer feuchten schwarzen Nase gegenüber. Ein jämmerliches Knurren dringt gemeinsam mit einem kleinen Speichelfaden zwischen den rosa Lefzen hervor. Susanne setzt das pelzige Knäuel in ein leeres Regalfach und hält mit der rechten Hand den Nacken nach unten gedrückt, damit der Wolf nicht auf die Idee kommt, auf den Boden zu springen.

»Der Wolfi 200, ein Probemodell aus diesem Jahr«, erklärt sie dem jungen Mann, der beherzt wieder nähergetreten ist, während sie mit der linken

Hand in ihrer Hosentasche kramt. Klar, von den kleineren Modellen fühlt er sich nicht bedroht. Niedlich zieht halt immer.

Susanne zieht ein grünes Papierchen hervor und hält es dem Wolfi 200 vor die Nase. Zögernd, noch immer mit eingekniffenem Schwanz, beginnt er zaghaft, auf dem Papier herumzukauen. »Geeignet für die Vernichtung von Bonbonpapier, alten Visiten- und Fahrkarten, Kassenbons − was halt so alles im täglichen Leben anfällt.«

»Ist es richtig, dass er das Ding schluckt?«

»Wie?« Susanne wendet ihre Aufmerksamkeit wieder dem Wolfi 200 zu, der sich gerade nach einem letzten Schmatzen mit der rosa Zunge über die Schnauze fährt. Sie kann eben noch ein Fluchen unterdrücken. Der verdammte Vorführeffekt! Gestern im Lager hat er die Fetzen noch fein säuberlich wieder ausgesabbert. Vielleicht hätte sie doch kein Minzbonbonpapier nehmen sollen. Er scheint Minze zu mögen. »Das ist nicht schlimm«, versichert sie dem jungen Mann rasch. »Nur bei größeren Mengen muss man darauf achten, dass nichts zwischen den Zähnen hängenbleibt.«

»Aha.« Er nickt verstehend.

Susanne nimmt den Wolfi 200 mit einem tadelnden Blick wieder hoch und setzt ihn zurück in die Box. Als sie den Deckel schließt, kann sie ein zufriedenes Rülpsen hören. Beinahe, denkt sie, als ob er das mit Absicht macht.

Der Kunde räuspert sich und mustert nachdenklich die anderen Modelle. »Der ist wohl etwas zu klein für mich. Ich bräuchte was Größeres, am besten – Haben Sie vielleicht einen, der auf Literatur spezialisiert ist?«

Nix Akademiker in Ausbildung, schlimmer: ein Poet. Ein Dichter, der das Knüllen leid ist und nach etwas sucht, was die Vernichtung für ihn übernimmt.

»Aber natürlich«, erwidert Susanne freundlich. »Wir haben da sogar verschiedene Modelle. Das hier«, sie trat an eine andere Reihe mit Käfigen heran, »ist der Deus Lupi MRR, eine sehr exklusive Version.«

In dem so präsentierten Käfig sitzt ein grimmiges Etwas, das wie eine Mischung aus Wolf und Bullterrier anmutet: krumme Beine, ein glatter Schädel und eine verknautschte Schnauze, an der man die Ecken einiger messerscharfer Zähne sehen kann. Er knurrt leise, und als sich der junge Mann vorbeugt, öffnet er das Maul, und schallendes Gekläffe lässt den Kunden zurückscheuen.

»Der ist wohl etwas, nun: bissiger als die anderen, wie?« Zweifelnd blickt er Susanne an. Diese hat derweil eine Schublade aufgezogen und zwei Bücher herausgenommen.

»Es mag sein, dass der Deus Lupi MRR etwas unzugänglich wirkt«, gibt sie zu, »aber dafür hat er ein ausgezeichnetes literarisches Gespür. Passen Sie auf.« Sie nimmt ein schmales, weiches Taschenbuch, auf dem 'Die Toscana-Therapie' unter R. Gernhardt steht, in die rechte und einen dicken Hardcover-Schinken namens 'Ein weites Feld' in die linke Hand. »Sie werden sehen«, erklärt sie dem jungen Mann, dessen Gesicht gespannte Erregung verrät, »er lässt sich durch nichts bestechen.« Furchtlos streckt sie dem Deus Lupi MRR beide Bücher entgegen. Man sieht die platte Nase kurz schnüffeln, dann schnappt das Maul vor und die Zähne graben sich in den harten Deckel des dicken Wälzers. Susanne richtet sich auf und legt den Gernhardt zurück in die Schachtel. »Das ist schon der vierte Grass, den wir diesen Monat kaufen mussten«, erzählt sie ihrem Kunden stolz, während der Deus Lupi MRR ein säuberliches Häufchen Papierstreifen auf dem Boden seines Käfigs aufschichtet.

»Er lässt sich nicht bestechen, sagen Sie?«, erkundigt sich der junge Mann noch einmal.

»Durch gar nichts. Selbst wenn man das eine Buch mit Senf und das andere mit Leberwurst einschmiert, nimmt er das, was er nicht ausstehen kann.«

»Hmm.« Er kratzt sich nachdenklich am Hals. »Vielleicht hätten Sie einen Reißwolf, der ein bisschen umsichtiger ist. So ein Autor hat ja auch Gefühle.« Er scheint innerlich mit sich zu kämpfen. Jetzt wird er ihr gleich ein Geständnis machen, denkt Susanne. Und wirklich, plötzlich beugt er sich vor und spricht in vertraulichem Ton: »Wissen Sie, ich schreibe nämlich auch.«

»Oh.« Susanne beeilt sich, eine bewundernde Miene aufzusetzen und einen ehrerbietigen Ton zu wählen. Künstler sind so furchtbar empfindlich, und meist halten sie sich für etwas Besonderes, nur weil sie die meisten Stunden des Tages nutzlos damit verbringen, sich Gedanken darüber zu machen, wie sie Kunst statt ehrlicher, harter Arbeit betreiben können.

»Da wäre es mir natürlich nicht recht«, fährt der junge Mann inzwischen fort, »wenn er einfach alles zerreißen würde. Sie verstehen?«

»Aber das ist doch selbstverständlich. Nachher erwischt er noch ein Konzept oder einen Vortext oder so.« Oder ein fertiger Werk, das einfach schlicht und ergreifend für die Tonne ist, auch wenn sein Verfasser das im Traum nicht zu glauben bereit ist.

»Genau.« Er strahlt sie an, und Susanne weiß, dass sie spätestens jetzt einen Kunden gewonnen hat. »Sie verstehen mich wenigstens.«

»Vielleicht gefällt Ihnen dann dieses Modell?« Susanne deutet auf den zweiten Käfig, in dem ein hübsches Exemplar von einem Wolf hockt. Künstler stehen doch auf Ästhetik, und bei diesem hier fällt das Fell in leichten Locken herab, und sein Maul ist zu einer Grimasse verzogen, die man mit etwas Phantasie für ein Lächeln halten könnte.

»Und was kann dieser Wolf?« fragt der Kunde und tritt vertrauensvoll näher.

»Das ist unser Woolf DB/7, eine recht neue Entwicklung aus England, aber bereits mit guten Ergebnissen mehrfach getestet. Er hat ein gutes Gespür, nimmt wenig an und macht manchmal nur ein paar feuchte Stellen ins Papier. Aber wenn er einmal etwas zerreißt – warten Sie, ich zeige es Ihnen besser.«

Wieder öffnet sie eine Schublade, doch diesmal fördert sie keine Bücher, sondern einige mit bunten

Bildern bedruckte Zeitschriften zu Tage. »Die werden immer gern angenommen«, sagt sie an den jungen Mann gewandt und schiebt eines der Hefte zwischen die Gitterstäbe. Der Woolf DB/7 überlegt nicht lange – mit einem Happen sind die dünn bedruckten Seiten in seinem Maul verschwunden, und nach kurzem Kauen speit er sie als nassen Klumpen wieder aus.

»Und jetzt geben Sie acht«, meint die Verkäuferin, doch es wäre nicht notwendig gewesen, etwas zu sagen: Der Woolf DB/7 setzt sich plötzlich auf, legt den Kopf in den Nacken und stößt ein langgezogenes, wehklagendes Heulen aus, so durchdringend, dass sich Susanne und der junge Mann im selben Augenblick die Ohren zuhalten müssen.

»Das macht er immer«, ruft Susanne begeistert. »Das ist seine Art, um Entschuldigung zu bitten.«

Nach etwa einer halben Minute verstummt das Heulen, und der Woolf DB/7 legt sich platt auf den Käfigboden, bettet den Kopf auf die Vorderpfoten und blickt von unten zu den beiden Menschen vor dem Käfig hoch.

»Er bittet um Entschuldigung?« fragt der junge Mann verwirrt und lässt die Hände sinken.

»Jedes Mal, wenn er etwas zerrissen hat«, bestätigt Susanne. »Was halten Sie davon?«

»Ein Reißwolf, der sich jedes Mal entschuldigt, wenn er einen meiner Texte in den Staub gespuckt hat...« Der junge Mann schüttelt den Kopf. »Nein, das wäre mir auf die Dauer nur peinlich.«

Susanne ist gelinde enttäuscht, aber sie lässt es sich kaum anmerken. »Nun, wenn Ihnen dieses Modell nicht zusagt, bleibt eigentlich nur noch unser W-Bianco. Ein sehr bewährtes und ausgereiftes Modell übrigens.«

Skeptisch mustert der junge Mann den hageren Wolf, dessen Fell von zahlreichen silbrigen und weißen Haaren durchzogen ist. Selbst über den gelbgrünen Augen liegt ein milchiger Film. »Er ist...«

»Er hat noch nie einen Text zerrissen«, unterbricht ihn Susanne rasch. »Er geht sanft mit Prosa und Poetik um, kennt keinerlei Vorurteile gegenüber Genre, Stil oder gar Orthographie, ist stubenrein, entwurmt und geimpft.«

»Noch keinen Text zerrissen?«, erkundigt sich der junge Mann, und Susanne vermeint ein gieriges Glimmen in seinen Augen zu erkennen. Jackpot. Oder Bestseller, um im Genre zu bleiben. »Prima. Was soll er denn kosten?«

Fünf Minuten später verlässt der junge Mann das Geschäft, unter dem Arm eine Tragebox, in der es sich der W-Bianco bequem gemacht hat und, nur von einem leisen Furz hier und da unterbrochen, vor sich hin schnarcht.

Währenddessen greift Susanne nach dem Kehrbesen und tritt zwischen die Regale mit den Reißwölfen, um die Überreste der Vorführung dem Müll zuzuführen. Aus dem Käfig des Deus Lupi MRR klingt ein abwertendes Schnaufen, das Susanne ein mitfühlendes Lächeln auf die Lippen zaubert.

»Ja, mein Alter«, murmelt sie und steckt die Hand in den Käfig, um dem Reißwolf den Nacken zu kraulen. »Ich glaube auch nicht, dass aus dem noch was wird. Aber er hat ein gutes Herz und wird sich um den W-Bianco gewiß gut kümmern. Nicht jeder kauft einen blinden und zahnlosen alten Wolf.«

Suleika auf den Schienen

Es ist Wintermorgen im November. Der Winter hat mal wieder die Hände ausgestreckt, um der Welt einen Gruß zu senden. Das vermodernde Herbstlaub ist mit einer Raureifschicht überzogen ebenso wie die Gleise, und die Menschen auf dem Bahnsteig sind dick vermummt und haben Dampf vor dem Mund.

Suleika friert auch. Ihre Füße sind so kalt, dass sie sie kaum noch spürt, und ihr Kleid, das im Sommer so warm war, reicht hinten und vorne nicht, um der Kälte ein Schnippchen zu schlagen. Schwerfällig bewegt Suleika sich vor, bis sie an der Bahnsteigkante sitzt. Es geht tief herab, doch eigentlich kann es gar nicht tiefer mit ihr gehen. Seit Tagen hat sie sich nicht satt essen können, und die Nächte werden eher kälter und länger als wärmer und kürzer. Schon viele Freunde und zwei ihrer Kinder sind gestorben, weil sie zu schwach waren, und auch mit Suleika geht es zu Ende, wenn sich nichts ändert. Doch sie will nicht abwarten, wie sie Stunde um Stunde mehr krepiert. Sie will dem rasch ein Ende setzen. Also nimmt sie all ihren Mut zusammen und springt in die Tiefe. Ihre Flügel schlagen automatisch, doch zu kraftlos und schwach, um den Fall zu verhindern. Suleika ist gerade noch stark genug, nicht böse zu stürzen und sich auch noch etwas zu brechen.

Jetzt hockt sie zwischen den Gleisen, wo nackte braune Erde zwischen rostbraunen Schienen und weiß überzogenen Blättern aufblitzt. Sie sitzt zwischen verrostenden Getränkedosen, Zigarettenkippen und zerfledderter Zeitung, und ihr Federkleid tarnt sie so gut, dass die Menschen auf dem Bahnsteig sie kaum erkennen können, wenn sie nur flüchtig herunterblicken. Suleika hüpft auf die Schienen. Wenn die Menschen schon solche großen stinkenden Tötungsmaschinen bauen, wäre es doch recht unhöflich, sie nicht auch zu nutzen. Auf die Schiene will sie sich setzen, beschließt Suleika. Da dürfte es am schnellsten gehen. Denn vor dem Sterben hat sie schon ein bisschen Angst.

Flatternd versucht Suleika, auf das rostbraune Ding zu klettern, doch die Kälte hat ihre Flügel so stark gelähmt, dass es mehr als das bisschen Flattern nicht wird.

Dann halt nicht, denkt Suleika. Hier unten muss es reichen.

Die Menschen auf dem Bahnsteig sind auf sie aufmerksam geworden. »Oh, das arme Täubchen«, sagen sie.

Arm, pah!, denkt Suleika. Wo wart ihr denn, als ich gehungert habe, dass ihr das Recht zu jammern und zu bemitleiden habt? Wo, als meine Freunde und Kinder starben, weil sie zu schwach waren?

»Jemand sollte ihr helfen«, sagen die Menschen, und Suleika befürchtet schon fast, dass sie heruntersteigen und sie heraufholen. Denn dann ließen sie sie sicherlich dort in den Raureifbüschen zurück, und ihr bliebe die Wahl, langsam zu erfrieren oder noch einmal den anstrengenden Sprung in die Tiefe zu wagen. Doch die Menschen klettern nicht zu ihr herunter – natürlich nicht.

»Wer weiß, was die hat«, murmeln sie. Kalt ist ihr, antwortet Suleika.

»Sicher ist die krank.« Nicht kränker als ihr.

»Es gibt sowieso zu viele von den Scheißviechern!«

Also da hört sich doch alles auf!, denkt Suleika empört. Kommen daher und schmeißen uns im Sommer mehr Krümel zu, als man je essen könnte, weil wir so niedlich flattern und gurren, und dann muss man sich auch noch Beleidigungen gefallen lassen, Nein, es ist schon gut, aus dieser Weilt zu scheiden.

»Ob das spritzt, wenn der Zug da drüber fährt?« Oha. Daran hatte Suleika noch gar nicht gedacht. Nein, ein schönes Bild würde es gewiss nicht geben. Beinahe tun ihr die Menschen leid, die sie so werden sehen müssen. Doch andererseits kennen sie ja die Bilder von Suleikas Artgenossen, die auf den Straßen ihr Ende gefunden haben, und ansonsten sind die Menschen auch ganz gut darin, einfach wegzusehen.

»Ansehen möchte ich das auch nicht.« Wer will das schon? »Aber das ist halt der Lauf der Natur.«

Natur? Wenn ein Vogel auf den Schienen liegt und von einem Zug überrollt wird, nennt ihr das Natur? Wie heißen denn die Vorfahren dieses Lebewesens? Bahnosaurus?

Der Lautsprecher kündigt den verspäteten Zug an (klar, denkt Suleika, der, unter den man sich legen will, kommt immer zu spät, damit man noch möglichst viel Zeit mit quälenden Warten und Denken verbringen muss), und die Menschen werden von der Taube abgelenkt und regen sich lieber wieder ein bisschen über die Verspätungen auf.

So wichtig bin ich auch wieder nicht, seufzt Suleika.

Die Schienen zittern, weil der Zug sich nähert, und Suleika schließt die Augen. Die Bilder der Kippen und benutzten Papiertaschentücher will sie nicht mit ins Jenseits nehmen.

Der Zug kommt donnernd über die Gleise, bleibt quietschend und ächzend stehen, und der Schaffner springt heraus. Die Menschen steigen halb murrend, halb erleichtert ein. Der Schaffner schaut noch einmal, ehe er das Signal gibt und wieder einsteigt. Die Türen schließen sich und der Zug fährt aus dem Bahnhof.

Suleika sitzt noch immer auf den Schienen und blinzelt verwirrt. Als der Zug über sie geglitten ist, wurde es für einen Moment ganz warm, und sie hat schon gedacht, das wäre das Sterben. Aber dann ist es plötzlich wieder so kalt wie vorher geworden, weil der Zug weitergefahren ist.

Zu klein, denkt Suleika betrübt. Ich bin einfach zu klein. Der Zug ist einfach über mich hinweg gefahren, ohne mich auch nur zu berühren.

Jetzt muss Suleika wieder warten. Aber auch der nächste Zug wird sie nicht treffen, und um auf die Schienen zu hüpfen und sich dort mit den gefühllosen Krallen festzuhalten, reicht die Kraft nicht aus. Deprimiert lässt Suleika das Köpfchen auf die Brust sinken.

Plötzlich spürt Suleika, wie warme Hände nach ihr greifen und sie hochheben. Verwirrt öffnet sie die Augen und blinzelt herum.

Ein Mensch, stellt sie verwundert fest. Da ist doch tatsächlich ein Mensch herab zu ihr auf die Schienen geklettert und hat sie hochgehoben. Suleika ist so perplex, dass sie sogar vergisst, zu flattern und zu hüpfen.

Der Mensch redet beruhigend auf sie ein. »Keine Angst«, summt er. »Dir wird nichts passieren, Täubchen.«

Gerade das befürchtet sie ja! Und der Mensch steigt auch, Suleika behutsam zwischen den behandschuhten Händen, den Bahnsteig hinauf und setzt sie inmitten eines Haufens geweißter Blätter zwischen zwei Büschen hinter einen Stromkasten ab.

Danke schön, hätte Suleika dem Menschen gern verbittert zugerufen. Prima gemacht, du hohlköpfiger Zweibeiner! Und jetzt? Jetzt bin ich immer noch hungrig, und mir ist kalt, und ich muss noch einmal zur Bahnsteigkante flattern, egal wie die Flügel schmerzen, und noch einmal hinunterhüpfen.

Der Mensch sorgt sich nicht um das Schimpfen der Taube. Er häuft sogar noch ein paar Blätter um sie herum an.

»Damit du es warm hast.«

Zwischen all dem Raureif? Suleika bezweifelt den Sinn dieser Handlung sehr. Und überhaupt: Hat sie denn darum gebeten, gerettet zu werden? Hat sie denn gewollt, dass er sich einmischt? Nein! Vielleicht hätte irgendein Zug sie ja doch noch erwischt, und die beißende Kälte und der nagende Hunger hätten ihr nichts mehr anhaben können, und...

»Heute Abend bringe ich dir einen Meisenknödel«, verspricht der Mensch.

Meisenknödel? Hat der Mensch *Meisenknödel* gesagt? *Essen*?!? Das ist natürlich etwas Anderes. Wenn es um etwas zu essen geht, ist Suleika durchaus bereit, noch ein wenig zu warten. Wenn denn der Mensch sein Versprechen hält. Das tun Menschen nämlich fast nie. Sie werfen mit Mitleid, Gnade und Hilfsbereitschaft nur so um sich, weil ja niemand sie zwingen kann, ihre Versprechen einzulösen – die Bedürftigen nicht, weil sie nichts haben, das Versprechen einzufordern, die anderen Mitleidigen nicht, weil ihre einzigen Waffen nur die Verachtung und das Gewissen sein können, und die übrigen sowieso nicht, weil es sie nicht interessiert.

Suleika blickt dem Menschen nachdenklich nach, als er in den Zug klettert, der gerade einfährt. Sie glaubt ihm nicht so recht, dass er zurückkommen und ihr den Meisenknödel bringen wird. Doch weil sie dennoch hofft, bleibt sie in den Blättern zwischen den Büschen hinter dem Stromkasten sitzen. Und nach einer Weile wird ihr kaltes Nest tatsächlich etwas wärmer und hüllt sie in laue Gleichgültigkeit ein.

Der Mensch kommt tatsächlich. Am Abend ist er wieder da, hebt Suleika hoch und trägt sie zu sich nach Hause, wo es warm und behaglich ist. Den ganzen Winter über lebt Suleika bei dem Menschen, und er hegt und pflegt und füttert sie. Und als es Frühling wird, trägt der Mensch die Taube hinaus in seinen Garten und lässt sie wieder frei.

Als Suleika die warmen Strahlen der Frühlingssonne spürt, ist sie recht froh, dass der Mensch sie von den Schienen gehoben hat, und fliegt davon, um Freunde und Verwandte zu suchen, die den Winter auch überlebt haben. Doch sie vergisst den freundlichen Menschen nicht. Denn zum Dank für ihre Rettung wird sie ihm allein das ganze Frühjahr auf das Auto kacken.

Fische beißen

Es dämmert, als Francesco seine Angelausrüstung auf den Steg trägt. Sonne und Himmel malen blau und rot, orange und violett auf das Wasser. Sein krummer Rücken schmerzt, wird protestieren, wenn Francesco auf den sonnenverblichenen, noch warmen Planken Platz nimmt. Vom Aufstehen ganz zu schweigen.

Der Seewind fächelt die scheidende Hitze fort. Führt den Geruch von Meer mit sich. Lässt die Wellen hüpfen und schaukelt träge die Jolle, die am Steg festgebunden ist. Die Jolle versucht Francesco zu locken, doch die Zeiten, in denen er mit ihr hinausfuhr und die Netze ins Meer warf, sind vorbei. Francesco ist müde.

Seit Ewigkeiten lebt seine Familie in dieser Bucht; er ist das letzte Glied einer langen Kette von Fischern, die mit ihm enden wird. Vermutlich ist das so in Ordnung. Das meiste in der Welt geht vorwärts, nicht rückwärts. Seine Kinder hat es in die Stadt gezogen; sie machen jetzt irgendwas mit Computern und irgendwas mit Medien. dass sie je in Kinder und Familie machen, wagt Francesco nicht mehr zu hoffen.

»Sieh mal, wie pittoresk«, durchbricht eine schrille Stimme die abendliche Ruhe. Entlockt Francesco nur ein bisschen Zucken: Der Mundwinkel zuckt nach oben, die Hand zuckt zum Köder, die Schulter zuckt nur zum Vergnügen, weil er diese Störung auf die leichte Schulter nimmt. Nehmen muss. Denn das verwitterte Schild vorne am Weg, das verkündet »Betreten verboten! Baden verboten! Privatbesitz«, das schreckt niemanden ab. Touristen schon gar nicht. In keinem Wörterbuch findet sich dafür scheinbar eine Übersetzung.

»Ist das nicht pittoresk?«, fragt die Enddreißigerin im Jumpsuit ihren sightseeing-gelangweilten Begleiter, der neben ihr wie ein verlorenes Fischstäbchen aussieht. Auf ihrer Haut schimmert der Glanz von Sonnenöl und Schweiß wie Kräuterbutter auf frisch gegrillten Scampi. Sie schiebt sich die Markenbrille ins blondierte Haar. »Ganz pittoresk ist das, davon muss ich unbedingt ein Foto machen. Sie! Hallo, Sie, Signore!«

Sie – das ist Francesco. Er wendet sein zerfurchtes, von Sonne, Meer und Alter zu Leder gebranntes Gesicht der Frau zu. Nickt brummig, als sie fragt, ob sie ein Foto machen dürfe. Der alte Fischer, die Dämmerung, das Meer, die Jolle, das sei alles so pittoresk. Er lässt sie gewähren, weil alles andere mehr Zeit kostet. Erträgt Klicken und Dankeschöns stoisch, wirft die Angel aus und wartet. Wartet auf die eine Frage, die noch kommen muss. Weil sie immer kommt.

»Beißen die Fische denn?«, fragt die Frau mit uninteressiertem Lächeln.

»Si. Isse naturlick«, erwidert Francesco in gebrochenem Deutsch, das er einst widerwillig in seinem eigenen Land erlernt hat, um mit Menschen zu kommunizieren, die er hier nicht haben will. Jetzt stören sie ihn nicht mehr. »Fische beißen.«

In der letzten Nacht hat auch einer gebissen. Ein großer, fetter Fisch mit bleichem Bauch und wässrigen Augen, dessen Körper wild zuckte, als Francesco ihn nach kurzem Kampf aus den Wellen und auf den Steg beförderte. Sie kommen immer alle zu diesem Steg zurück. Wie die Touristen.

Früher ist Francesco hinausgerudert, fuchtelte mit den Armen und wollte sie vertreiben, die jungen Abenteuerlustigen, die liebeshungrigen Pärchen, mittelalten Naturversteher, die All-Inclusive-Erwarter. Sie alle blieben zum Baden in der versteckten Bucht abseits der Touristenschwarmstrände. Lachten ihn manchmal mit seiner Angel und seinem Netz aus. Riefen ihm zu: »Beißen die Fische denn?«

»Si. Isse naturlick«, erwiderte er resigniert.

Dann wartet er. Wartet auf die Rückkehr. Der fette Mann von letztem Monat kam vor drei Tagen. Schweiß stand in Perlen auf seiner Oberlippe, er wirkte noch aufgedunsener als bei ihren vorherigen Begegnungen. Seine Bewegungen waren in der kühlen Nachtluft langsam und steif. Er watete weinend ins Meer hinaus. Das Mondlicht schien auf seinen enthaarten Schädel, während die Wellen erst Knie, dann Hüften und Bauch, schließlich seine Schultern umspülten. Ein letzter klagender Laut – verstummt versank der Mann im Meer. Seine Sandalen blieben am Strand zurück; Francesco sammelte sie ein und warf sie beim nächsten Einkauf in den Müllcontainer neben dem Supermarkt.

Die Enddreißigerin und ihr Begleiter verabschieden sich; sie winkt übertrieben, er tastet nach der

Geldbörse. Drückt Francesco einen zerknitterten Fünf-Euro-Schein in die Hand. Zwinkert. Francesco lächelt lückenhaft; er braucht das Geld nicht, nimmt es aber trotzdem. »Weil wir Sie gestört haben«, sagt der Mann. Kopfschüttelnd schiebt Francesco den Schein in die Brusttasche seines Hemdes. Geld ist kein Ausgleich, für nichts. Doch das begreifen sie nicht. Sie begreifen es nie.

»Was passiert mit mir?« Auch der Fettsack hatte es nicht begriffen. Hielt Francesco am Kragen gepackt und wollte ihn schütteln, doch Francesco entwand sich seinen wurstigen Fingern. »Ich war bei allen Ärzten! Der Hautarzt gab mir etwas gegen die Schuppenflechte, gegen den Haarausfall. Der Internist prüft meine Nieren, weil ich ständig Durst habe. Mein Hausarzt empfiehlt mir Sport gegen die Steifheit in den Gliedern, sobald es kühl wird, und mein Zahnarzt macht sich Sorgen, dass meine Zähne nicht nur wackeln, sondern ausfallen!« Verzweifelt griff der Fettsack sich an den Kopf. »Es hat hier begonnen, das weiß ich! Also tun Sie etwas dagegen, bitte! Ich flehe Sie an!«

Woher es immer alle wissen, interessiert Francesco nicht. So ist es einfach. Sie kommen hierher zurück, gehen ihren Lebensweg rückwärts bis zu der Stelle, an der sie falsch abgebogen sind. Hoffen auf eine zweite Chance. Bitten um Hilfe, bieten Geld, Schmuck, Autos – einer hat ihm sogar seine preisgekrönte Perserkatze angeboten, die nun irgendwo hier in der Gegend herumstreunt, kurz geschoren, damit sie sich selbst putzen kann. Als könnte Francesco etwas dagegen tun!

»Isse naturlick.« Mehr kann er nicht sagen, höchstens noch mit den Achseln zucken.

Zwischen dem Strandgras erspäht Francesco die Enddreißigerin und ihren Begleiter. Sie schlendern Hand in Hand den Weg entlang. Wenn sie die Stelle erreichen, wo sie sich unbeobachtet glauben, werden sie die Kleidung ablegen, Amore machen und schwimmen gehen – in dieser oder einer anderen Reihenfolge. Ihre erhitzten Körper werden das kühle Meerwasser genießen, bis einer von ihnen verwundert den kleinen Schmerz, halb Riss, halb Stich, verspürt und das unscheinbare blasse Fischlein gerade noch von seinem Bein oder Arm fortschwimmen sieht. Sie fragen einander, ob Fische Menschen beißen, und manchmal rufen sie sich Scherze zu über Wersardinen, nach deren Biss man sich bei Vollmond in einen tollwütigen Schuppenwinzling verwandelt. Über Austauschsemester unter den Wasserbewohnern bei der Piranha-Verwandtschaft im Amazonas. Über Haie, die in diesem Jahr wirklich dürftig ausfallen. Ernst nimmt es niemand. Die winzige kreisrunde Wunde wird irritiert gerieben, und am Abend ist es schon halb vergessen. Aber das Meer vergisst nicht. Vergisst nicht, woher das Leben stammt und wohin es zurückkehren muss. So war es, so ist es, so bleibt es.

Francesco macht es sich auf dem Steg bequem, lässt die müden Füße ins Wasser hängen und spießt bisweilen mit seinen arthritischen Fingern einen neuen Köder auf den Haken. Manchmal gleitet unter der Wasseroberfläche ein schmaler schuppiger Körper an der Hornhaut seiner Fersen entlang und entlockt Francesco ein Lächeln.

Als seine Kinder noch ganz klein waren, kehrten die Jollen stets mit reichem Fang heim. Als sie älter wurden, wurden die Jollen leerer – die Abwässer der Touristenhochburgen, der ausgelaufene Treibstoff eines gekenterten Ausflugsdampfers, die Chemie der neuen Fabriken ließen die Fische bauchoben schwimmen, bis die Bucht unter dem malerischen Farbspiel von Sonne und Himmel auf dem Wasser leer war, leer und tot. Doch das Leben ist ein Kreislauf, und wenn man zu viele Schritte nach vorne tut, wird man gelegentlich zu einem Schritt rückwärts gezwungen.

»He, Signore!« Verträumt denkt Francesco an den Fettsack von damals. Doppelt so groß wie der dürre Fischer, die Schultern sonnenbrandverbrannt, der bleiche Bauch hängt über die teure Badehose. Seine wässrigen Augen sahen Francesco unsicher an, während er eine winzige kreisrunde Wunde an seinem Unterarm rieb. »Beißen die Fische hier?«, fragte der Fettsack.

Francesco nickte, und seine Augen glänzten.

»Die Fische beißen Menschen?«, wiederholte der Fettsack ungläubig.

»Si«, antwortete Francesco und leckte sich über die trockenen Lippen. »Fische beißen. Isse naturlick.« Auf seiner Zunge lag der Geschmack von fangfrischem Gegrillten mit einer schönen Weißweinsauce.

Märchen und Helden

Das Märchen von einer Prinzessin mit einer Erbse in der Nebenrolle

Es war einmal ein Tag, an dem ein geltungssüchtiges Gewitter beschloss, das weltgrößte Unwetter aller Zeiten zu werden und sich deshalb so richtig ins Zeug legte. Es regnete und stürmte und blitzte und donnerte und hagelte, verwandelte den Tag in eine grauschwarze Nacht, die Straßen in Schlammlandschaften und die Menschen in Nesthocker. Kurz: Es war einmal ein richtiger Scheißtag zum Rausgehen, und er war noch viel beschissener, um eine Reise zu tun.

Genau das tat Petunie allerdings. Sie saß in einer hölzernen Kutsche, die sich mühselig durch das zwängte, was von Tag und Straße noch übrig war, und stöhnte und weinte ein bisschen. Petunie weinte ziemlich oft, meist heimlich. Und eigentlich hieß sie nicht nur Petunie, was allein schon ein ziemlich kevinistischer Vorname gewesen wäre, sondern Petunie Amalie Josephine Pipilotte und war eine Prinzessin. Eine echte. Das bedeutete zum einen, dass sie sehr schön war. Sie war schön wie der Tag mit Haut wie Milch, Haar wie Gold und Augen wie Perlen. Ihre Füße waren klein und niedlich und hätten in jeden Glaspantoffel gepasst, aber gläserne Schuhe trug sie nie, denn die waren hart und unbequem (und konnten splittern). Und Prinzessin zu sein, das bedeutete zum anderen, dass alles auf der Welt hart und unbequem war und ihr Schmerzen oder mindestens Unannehmlichkeiten bereitete. Petunie bekam dauernd blaue Flecken, schon vom Sitzen. Sie verbrannte sich die Zunge an lauwarmen Speisen. Sie litt tausend Qualen, wenn jemand ihr Goldhaar auskämmte, weil es so ziepte, wenn sich die Haare verknotet hatten. Wenn sie ein Stück zu Fuß ging, verhedderte sie sich im Saum ihrer langen Gewänder und zerschlug sich die Porzellanknie. Überlebten die Knie wie durch ein Wunder, hatte sie mindestens eine Blase an der großen Zehe. Zu leiden war Petunies Haupt- und Lieblingsbeschäftigung, schon weil es etwas war, was sie alleine tun durfte. Als Prinzessin war man in der Wahl seiner Freizeitaktivitäten recht eingeschränkt, weil sich einfach nichts für Prinzessinnen zu ziemen schien. Jammern und Leiden aber war in Ordnung. Petunie hatte es in beiden Disziplinen zu einer gewissen Meisterschaft gebracht.

Sie fand übrigens, dass es sich für eine Prinzessin auch nicht ziemte, durch Tagnächte voller Gewitter zu reisen. Blöderweise hatten ihre Eltern, denen ein kleines Königreich gehörte, sie auf eine Kurreise geschickt. Der Arzt fand, dass sie etwas zu blass wirkte (niemand hatte auf sie gehört, als sie darauf pochte, dass farblose Milchhaut selbst in der Princess today als zeitloses Attribut der märchenhaften Schönheit galt), und weil der Arzt und ihre Eltern und alle vier Dienerinnen und Diener des Schlosses befürchteten, dass sie eine schwere Krankheit ausbrütete, hatte der Arzt beschlossen, dass sie an die See fahren sollte. Man hatte also all ihr Zeug in die Kutsche geladen, sie mit tausend Küssen überhäuft, bis Petunie fürchten musste, dass sich ihre Wangen und ihre Stirn davon entzündeten, und sie auf die Vier-Tage-Reise zu einer der zahlreichen Tanten geschickt, die zufällig ein Königreich am Meer besaß und sich damit auf Tourismus spezialisiert hatte. Petunies Eltern hatten diesen Trend verschlafen, weshalb ihr Königreich nicht nur sehr klein, sondern auch nicht besonders reich war. Den Großteil ihrer Barschaft verschwendeten sie auf die Ausstattung ihrer Tochter, und weil dadurch wenig Geld für Personal blieb, reiste Petunie allein mit Heinrich, der Kutscher, Diener, Bodyguard und Ersthelfer in einem war. Er konnte auch manierlich kochen, Knöpfe annähen und Schuhe putzen. Als Meteorologe versagte Heinrich allerdings, und das selbständige Denken war auch nicht so sehr seine Sache. Vier Tage zu haben, um Prinzessin Petunie zu ihrer Tante zu fahren, bedeutete daher, genau vier Tage zu haben, um Prinzessin Petunie zu ihrer Tante zu fahren. Eine Zwischenrast wegen eines läppischen Weltuntergangsgewitters am dritten Tag kam da nicht in Frage.

Petunie saß also allein in der Kutsche, rutschte in ihren Plüsch- und Samtkissen hin und her und litt schweigend, weil sie niemanden hatte, bei dem sie sich beklagen konnte. Heinrich saß vorne auf dem Kutschbock unter einer flatternden Regenplane und versuchte sich in dem Kunststück, die Straße nicht zu verfehlen. Petunie hatte versucht, die Perlen auf ihrem Kleid zu zählen oder ein wenig zu schlafen, aber bei dem Rumpeln und Pumpeln der Kutsche wollte ihr beides nicht gelingen. Also schnäuzte sie sich die königliche Nase, zählte die Schmerzen in

Rücken, Nacken und Gesäß, die diese rüpelhafte Kutschfahrt verursachte, und spielte eine Runde 'Ich sehe was, was ich auch sehe' mit sich selbst. Und sah sie. Sah sie auf der Bank gegenüber. Sah ihr direkt auf die haarigen Beine, den schwarzen Leib und den klebrigen Faden, der an dessen Ende herauskam.

Es gab noch etwas, was Prinzessinnen als Hobby annehmen durften, und das war die Panik im Angesicht von Insekten und Spinnentieren aller Art. Darin war Petunie annähernd so gut wie im Leiden und Jammern. Als ihr Verstand also langsam realisierte, dass sie sich bedrückend enge vier Kutschenwände mit einer Spinne teilte, schrie sie laut auf, warf sich instinktiv gegen die Tür und fiel hinaus in den Regen.

Zu Petunies Glück kam die Kutsche auf den Schlammwegen nicht sonderlich schnell voran. Der Boden, auf den sie fiel, war auch ziemlich weich. Zu ihrem Pech wurde der Sturz von einem sehr lauten Donnerschlag begleitet, und der Regen fiel so dicht, dass man die Hand vor Augen nicht sehen konnte – vor allem nicht, wenn die Hand im Rücken war und die Augen damit beschäftigt, nicht in den Straßengraben zu kutschieren. Die Pferde spürten, dass die Kutsche etwas leichter geworden war, doch Heinrich spürte nur, dass der Regen trotz Plane einen Weg in seinen Nacken gefunden hatte. Er schenkte ihm keine Bedeutung und trieb die Tiere eisern vorwärts.

Ein ganzes Stück entfernt von der Stelle, an der Petunie sich schließlich aus dem Dreck erhob, um regen- und tränenüberströmt festzustellen, dass sich

Heinrich mit der Kutsche aus dem Schlamm gemacht und sie allein zurückgelassen hatte, bäumten sich trutzige Mauern gegen das Unwetter auf. Sie gehörten zu einem Schloss, das wiederum einer Königin, ihrem Mann und ihrem gemeinsamen Sohn gehörte. Auch sie hatten nie groß in Tourismus investiert und waren daher arm geworden – zumindest arm, wenn man es in königlichen Maßstäben verglich. Für die Bauern, die sich zur selben Zeit in ihren Katen und Ställen vor dem Gewitter versteckten und darum beteten, dass die Ernte keinen zu großen Schaden nahm, damit sie im Winter nicht verhungerten, für diese Bauern waren die Königin, ihr Mann und der gemeinsame Sohn immer noch ziemlich gut gestellt.

Die Königin war eine moderne Frau. Sie hatte das Leiden gegen das Denken eingetauscht, kaum dass sie von der Prinzessin zur Königin geworden war. Ihrem Mann war das Regieren nicht gegeben, und daher erlaubte sie ihm, sich tagein, tagaus dem Sammeln der Briefmarken und Sigel zu widmen, die mit ihrer diplomatischen Post ins Schloss kamen. Die Königin liebte Diplomatie und schrieb jeden Tag mindestens zwei Briefe an benachbarte Königreiche. Es gab davon ziemlich viele, und die Hälfte der Oberhäupter waren miteinander verwandt oder verfeindet oder beides. Das Reisen war unbequem, und so überließ man es den Pauschaltouristen, aber einander Briefe zu schreiben, die man auch verschlüsseln oder heimlich abfangen konnte, war eine exklusiv royale Beschäftigung. Man brauchte Zeit dafür, weil man es mit den Buchstaben sehr genau nehmen musste, und sollte wissen, was man tat, denn es gab zahllose diplomatische Fallstricke, auf die man achten musste. Vergaß man an der falschen Stelle ein Komma oder einen Gruß, konnte das einen diplomatischen Zwischenfall auslösen und das wiederum einen Krieg. Krieg zu führen kam nur langsam aus der Mode, aber die Königin dachte hier avantgardistisch und plante, als Pazifistenkönigin in die Geschichtsbücher einzugehen. Sie erzog auch ihren Sohn dahingehend. Damit er seinen prinzenhaften Mut zügeln konnte, durfte er stundenlang über Land reiten, sich mit seinen Freunden herumbalgen, Bauerntöchtern und Mägden nachstellen und zur Not auch einmal einen Bürger verspotten, aber auf seine diplomatischen Umgangsformen gegenüber Adligen legte seine Mutter viel Wert.

Am Abend des Gewittertages, an dem es draußen unvermindert blitzte und hagelte und stürmte, war die Königin gerade am Ende ihres zweiten diplomatischen Briefes angelangt, ihr Mann hatte alle blauen Marken in ein blaues Album einsortiert und der Prinz hatte aus Langeweile dem Küchenmädchen nachgestellt, das das sogar genoss, weil es dann den Abwasch dem Küchenjungen überlassen konnte – als es draußen klopfte. Es klopfte sehr laut und irgendwie leidend.

Die Königin sah von ihrem Brief auf, der König von seinem Album und der Prinz von seinem Küchenmädchen. Niemand, der noch recht bei Sinnen war, war bei einem solchen Wetter unterwegs!

»Niemand, der noch recht bei Sinnen ist«, sagte

die Königin, »ist bei einem solchen Wetter unterwegs!« Und sie hieß den nächsten Diener nachsehen, wer da vor der Tür stand. Vor der Tür stand Petunie.

Petunie ging es nicht gut. Es ging ihr sogar richtig schlecht. Sie war nicht nass – nass genügte nicht als Bezeichnung, denn um nass zu sein, sollte man sich noch daran erinnern können, was trocken bedeutete. Alles an Petunie tropfte und floss. Sie hatte ihre zierlichen Schuhe im Schlamm verloren, als sie versucht hatte, Heinrich zu folgen. Ihr Kleid hatte alle Perlen und ein gutes Stück Stoff verloren, als sie eingesehen hatte, dass ihr das nicht gelingen würde und versucht hatte, im Wald Unterschlupf zu finden. Wo ihr Kleid nicht in Fetzen hing, klebte es an ihrem Körper. Sie würde sich den Tod holen! Oder mindestens eine dicke Erkältung! Vor lauter Regen wussten ihre Augen nicht einmal mehr, wann sie weinte, und deshalb hatte Petunie das Weinen eingestellt – irgendwo zwischen der furchtbaren Erkenntnis, dass sie allein in einem Land war, in dem sie keine Menschenseele kannte, von einem Weg ganz zu schweigen, und der Entdeckung eines winzigen gelben Lichtes, das sich nach mühseligem, ungewohnten Fußweg als beleuchtetes Turmfenster entpuppt hatte. Petunies Eltern pflegten wenig gesellschaftlichen Umgang, denn das bedeutete, dass man Feste ausrichten und Einladungen mit Gegeneinladungen begegnen musste, und das konnten sie sich nicht leisten. Aber natürlich hatten sie ihrer Tochter beigebracht, dass Adel verpflichtete

– unter anderem dazu, anderem Adel zu helfen, der mutterseelenallein, kutschen- und dienerlos an das Schlosstor pochte. Sie brauchte ein Bad, ein nicht zu heißes Getränk, ein trockenes Nachthemd und ein weiches Bett für die Nacht; morgen würde Heinrich sicher auf der Suche nach ihr herkommen.

Sie stand leidend wie ein Regenschirm in der kühlen Schlosshalle, umschlang ihren bibbernden Körper mit den Armen und fröstelte, nachdem sie einem ihrer Meinung nach unfreundlichen Diener ihren Namen und ihr Begehr genannt hatte. Diener sollten nicht unfreundlich sein. Ihre Diener waren das nie.

Petunies Blick fiel in den mannhohen Spiegel, und sie erschrak, als sie ihr eigenes Bild erkannte. Gut, ihre Wangen waren rosiger als je zuvor, und unter dem klebenden Stoff offenbarten sich deutlich all die Attribute, die man bei Prinzessinnen aus Sittlichkeitsgründen nicht beschrieb, was sie aber nicht weniger attraktiv machte. Man sah zu viel von ihren makellosen Beinen, ein abgerissenes Strumpfband baumelte sichtbar an ihrem Oberschenkel, der Ausschnitt ihres Kleides war so tief gesunken, dass der Stoff sogar über ihre Schulter rutschte, und dank der unzureichenden Heizlage zeichneten sich Körperteile ab, die eine Prinzessin nur in der Theorie, nicht aber sichtbar besitzen sollte. Und ihr Haar! Wie sah überhaupt ihr Haar aus!

Petunie wollte in Wehklagen ausbrechen, aber eine Bewegung im Spiegel ließ sie erahnen, dass sie nicht allein war. »Hallo?«, fragte sie schüchtern und schluckte das Wehklagen herunter. Vor anderen Menschen klagten Prinzessinnen nicht, höchstens vor Dienern, aber dann mussten es die eigenen sein. Sie reckte den Hals und ließ dabei unbeabsichtigt den Stoff ihres Ausschnitts wieder etwas tiefer rutschen. Als Reaktion hörte sie ein Zungenschnalzen und gleich darauf eilige, sich entfernende Schritte. Irritiert presste Petunie die Lippen aufeinander. Irgendetwas stimmte hier einfach nicht. Wo blieben nur die besorgten Diener, die ihr eine Decke und einen Kakao brachten, oder wenigstens ein Handtuch? Wo die freundlichen, königlichen Gastgeber? So sollte sie als Prinzessin nicht behandelt werden!

»Eine Prinzessin, so, so«, murmelte die Königin im großen Saal und tippte sich nachdenklich gegen das Kinn. Sie hatte den Namen Petunie schon einmal in einem Adelsregister gelesen, konnte sich aber kein Bild dazu machen.

»Nie im Leben!«, rief atemlos der Prinz, der eilig hergekommen war, um sich den abendlichen Gast für die Nacht auszubitten. Seine Mutter legte Wert darauf zu erfahren, wohin Dinge verschwanden, die an der Schlosstür abgegeben worden waren. »Eine Prinzessin wäre doch nie so alleine unterwegs. Und eine Prinzessin sieht anders aus.« In der Regel etwa versteckte sie ihren Körper unter mindestens einer Lage Kleidung und türmte ihr Haar zu kunstvollen Gebilden auf. »Sie trägt überhaupt keinen Schmuck!« (Das stimmte. Petunie war gegen die meisten Metalle allergisch, und die anderen konnten sich ihre Eltern nicht leisten.)

»Aber warum sollte sie lügen?«, erkundigte sich der König milde. Er hoffte sehr, dass Petunie war, wer sie behauptete – ihre Eltern würden dann sicher einen Dankesbrief schreiben, und aus ihrem Königreich besaß er noch keine einzige Marke.

»Weil sie eine Nacht im Schloss verbringen möchte?«, konterte der Prinz rasch. Wie seinen Vater drängte es auch ihn, einer Sammlung ein besonderes Stück hinzuzufügen. »Weil sie möchte, dass wir ihr Kleider schenken, ihren Bauch füllen und ihr ein weiches Bett geben?« In Teilen war er dazu ja durchaus bereit, nur die Sache mit den Kleidern würde er überdenken. »Bitte, Mami.« Bettelnd wandte er sich an die Königin, die immer noch nachdenklich in die Luft starrte. »Sie ist bestimmt keine Prinzessin. Und sie gefällt mir. Darf ich sie bitte, bitte haben?«

Die Königin runzelte die Stirn. »Sie könnte die Wahrheit sagen«, gab sie zu bedenken, und der Prinz stöhnte leidend auf. Im Leiden war er nicht so gut wie Petunie, aber sein Quängeln war dafür recht ausgeprägt. »Und wenn sie die Wahrheit sagt, können wir uns keinen diplomatischen Fauxpas leisten. Am Ende erklärt man uns den Krieg.« Was ihre Statistik ruinieren und nebenbei ein kleines Vermögen kosten würde.

»Aber Mami«, zeterte der Prinz weiter. »Ich – ich habe mich in sie verliebt! Jawohl! Und du willst meiner Liebe doch nicht im Weg stehen?«

Die Königin verdrehte seufzend die Augen. Verliebt. Auf was für Ideen der Junge kam! Andererseits... »Verliebt, ja?«, wiederholte sie lauernd, und ihr Sohn der Prinz nickte eifrig. Bisher hatte seine Liebe nur bestimmten Teilen junger Frauen gegolten und war nach kurzer Zeit abgeschwollen. Aber bisher waren es ja auch nur bürgerliche oder bäuerliche Frauenteile gewesen. Bei einer Prinzessin sah das ganz anders aus. Wenn ein Prinz eine Prinzessin liebte, hatte das Diplomatie zur Folge. Man musste dafür eine Menge Briefe schreiben. Und das König-reich, von dem das Mädchen behauptete die Prinzes-sin zu sein, war noch nicht mit ihnen verwandt. So etwas war schwer zu finden. »Und du wärst bereit, für diese Liebe alles zu tun?«, erkundigte sie sich.

»Aber ja doch, ja.« Wieder nickte der Prinz beflissen, auch wenn sein Vater sich mahnend räus-perte. Er erinnerte sich an seine eigene Jugend, seine eigene Verliebtheit. Sie hatte damit geendet, dass er statt eines Landes seine Briefmarkenalben regierte. Das tat er gern, aber manchmal fand der König, dass er auch höhere Aufgaben erledigen könnte.

»Gut.« Die Königin klatschte in die Hände, und der beflissene Diener trat wieder vor. »Hol alle Matratzen und Daunendecken zusammen, die du im Haus finden kannst, und türme sie im Gästezimmer auf.«

»Hä?« Der Prinz runzelte verwirrt die Stirn, während der Diener davoneilte. Gut, er war recht sportlich, aber alle Matratzen im Schloss – das muss-ten über zwanzig sein! Seine Mutter gab zwar selten Gesellschaften, zu denen Gäste anreisten, war aber gern vorbereitet. Und sie fror nicht gern. Mit Daunen-decken könnten sie handeln, wenn sich das für Adlige ziemen würde! Das könnte dann eine recht wacklige Angelegenheit werden.

»Ich will sie prüfen«, erklärte die Königin, und der Prinz, dem plötzlich dämmerte, dass es an diesem Tag wohl nichts mehr mit seiner erfüllten Liebe werden würde, stöhnte laut auf. »Ja denkst du, ich gehe für deine Verliebtheit ein Risiko ein?«, fragte die Königin, erhob sich mit raschelnden Röcken und ging zu ihrem Sohn, um ihm mütterlich die Wange zu streicheln. »Ich lege ihr eine Erbse unter die Matratzen und Decken. Wenn sie wirklich eine Prinzessin ist, wird sie sie spüren und kein Auge zu tun. Ist sie morgen also frisch und ausgeruht, jagen wir sie mit Schimpf und Schande davon, und du kannst mit ihr anstellen, was du möchtest. Wenn sie aber«, sie hob den Zeigefinger, um den Widerspruch ihres Sohnes im Keim zu ersticken, »wenn sie aber morgen klagt, so hat sie die Wahrheit gesagt, und wenn du sie dann immer noch liebst, kannst du sie heiraten. Bei einer Prinzessin musst du die richtige Reihenfolge einhalten. Das ist standesgemäß.« Und mit diesen Worten verließ sie den großen Saal, um in der Küche nach einer geeigneten Hülsenfrucht zu suchen. Vielleicht fand sie eine besonders harte; sie wollte dem Mädchen schließlich eine Chance lassen!

»Heiraten«, brummte der Prinz und verschränkte störrisch die Arme vor der Brust. Hilfesuchend blickte er zu seinem Vater, aber der lächelte selig beim Gedanken an all die Marken auf den Glückwunschbotschaften, die sie dann erreichen würden. Heiraten. Gut, er hätte es schlimmer erwischen können.

Wenn sie die Wahrheit sagte, bekam er zumindest eine sehr heiße Frau. Also eine sehr schöne, korrigierte er sich. Bei Prinzessinnen sprach man von Schönheit. Das subsumierte dann den ganzen Rest. Heiraten würde er eines Tages eh müssen, das verlangte das Protokoll. Er seufzte. Manchmal war es so furchtbar schwer, ein Prinz zu sein. Der Pöbel machte sich ja überhaupt keine Vorstellung!

Petunie hatte in der Zwischenzeit die Eingangshalle unter Wasser gesetzt. Zumindest kam es ihr so vor. Ihr Haar tropfte noch immer. Das Kämmen am nächsten Morgen würde eine einzige Qual werden! Und schon jetzt taten ihr alle Knochen weh. Bei Sonnenaufgang würde sie grün und blau sein und sich vor Schmerzen kaum regen können. Wenn sie den Sonnenaufgang überhaupt erleben würde!

Sie hob den Kopf, als sich eilfertige Schritte näherten, und mit Erleichterung erkannte sie die Decke in den Händen des Dieners. Sicher war jetzt auch der warme Kakao nicht mehr weit. Petunie lächelte. Es hatte den Anschein, als würde ihre Reise doch noch ein gutes Ende nehmen.

Und weil sie am nächsten Morgen nicht gestorben war, jammerte sie der Königin vortrefflich etwas vor.

PS: Dem Gewitter ging während der Nacht übrigens die Puste aus. Es unternahm noch zweimal einen Anlauf, weltgrößtes Unwetter zu werden, musste sich schlussendlich aber der Sintflut geschlagen geben. Shit happens.

Dornblödchen

Es war einmal grün gewesen, soviel stand fest, dachte sie, während sie das braun und spröde gewordene Blatt zwischen ihren Fingern verrieb. und die vertrockneten Brösel seufzend zu Boden fallen ließ. Die Hecke war übernatürlich schnell aus dem Boden geschossen und hatte damals so viel Nährstoffe aus der Erde gezogen, dass im Umkreis von drei Metern zum Wurzelwerk nicht einmal mehr ein Grashalm stand. Dazu der heiße, windstille Sommer und regenmüde Wolken, die träge davon schwebten und sich anderswo von ihrer nassen Last befreiten – kein Wunder, dass die Pflanzen litten! Ranken hingen schlaff und leblos von einem immer holziger werdenden Astwerk, dessen Dornen brachen, statt sich in Fleisch und Kleidung zu bohren. Hätte die Hecke nicht andere Wege gekannt, sich vor Schädlingen zu schützen, hätte es zwischen den bräunlichen Blättern vor Läusen und Fliegen gewimmelt.

Amalthea biss sich auf die Unterlippe. Ihr lief die Zeit davon! Noch ein, zwei Wochen unbarmherzigen Sommers, und sie würde dem Zufall hilflos ausgeliefert sein. Schlimmer noch: Sie würde dem ersten Möchtegern ausgeliefert sein, der sich dann hierher verirren würde! Aber nicht mit ihr, nicht mit ihr! Sie würde sich nicht wehrlos auf einem Diwan ausstrecken, die Augen schließen und dem Schicksal seinen Lauf lassen. Sie musste handeln, und zwar schnell.

Hastig lief Amalthea zurück zum Schloss, stieg über die zu Boden gesunkenen Körper der beiden Torwachen und eilte über den Schlosshof. Ihre Schritte klangen hohl auf den steinernen Platten – abgesehen von den Geräuschen, die Amalthea selbst verursachte, waren tiefes Atmen, Schmatzen und gelegentliches Schnarchen die einzige akustische Kulisse ihres Lebens. Was hätte Amalthea für den Gesang eines Vogels gegeben oder nur das Knistern eines Feuers, doch im Schloss ihrer Eltern lag alles in tiefem Schlaf: Jeder Mensch und jedes Tier war gerade dort zusammengesunken, wo er, sie oder es gestanden, gesessen oder gelegen hatte. Es schliefen sogar die Fliegen an der Wand. Die Flammen der Kaminfeuer waren eingeschlafen, die Brunnen plätscherten nicht mehr, kein Windhauch regte sich. Wo die Welt an die Dornenhecke stieß, drehte sie sich um und wandte dem Schloss den müden Rücken zu. Alles und jeder schlief – und alles wegen einer verkorksten Einladung, einer eingeschnappten und einer inkompetenten Fee und einer dämlichen Spindel an ihrem fünfzehnten Geburtstag.

Das surrende, sirrende Ding, das aus einem rasanten Rädchen und irgendwelcher Wolle gemacht schien, hatte Amaltheas Neugier geweckt, aber Handarbeit war noch nie ihr Ding gewesen, und außerdem hatte sie sich kaum eine Minute mit dem Spinnrad und der Spindel beschäftigt, als sie sich das Ding aus Versehen auch schon in den Finger gerammt hatte. Normalerweise reagierte sie lässiger auf ihr eigenes Blut, aber beim Anblick des ersten Blutstropfen, der aus ihrer Fingerkuppe gequollen war, musste sie in Ohnmacht gefallen sein – hatte sie jedenfalls zunächst angenommen, als sie aus einem dämmrigen, mehr müde als wach machenden Schlafzustand zurück ins Reich der Wachen kehrte – einer leisen Welt der Wachen.

Wie überrascht war sie gewesen, in das Gesicht einer erschrockenen Fee zu blicken – sie hatten beide fürchterlich losgekreischt und damit den letzten Beweis dafür angetreten, wie tief das Schloss in Schlaf versunken war, denn niemand war hereingestürmt, um sich über den Lärm zu beschweren.

»Du solltest eigentlich schlafen«, hatte die Fee ihr irgendwann vorgeworfen, und Amalthea konnte noch so oft darauf hinweisen, dass sie bei Vollmond schon immer unter Schlafstörungen gelitten hatte – die Fee fühlte sich persönlich davon angepisst, dass Amalthea nicht auf ihrem Schlafsofa liegengeblieben war. Sie sei halt noch eine Fee in Ausbildung gewesen, und da könnte es zu kleineren Störungen kommen, aber Amalthea müsse sich ja sicher nur etwas mehr Mühe geben.

Damit war sie bei Amalthea nicht wirklich auf offene Ohren gestoßen: Sie war gerade erst aufgewacht und hatte keinerlei Lust, sich schon wieder hinzulegen, und überhaupt wollte sie erst einmal wissen, was da überhaupt los sei. Es hatte ein wenig gedauert, bis Amalthea aus der schmollenden Fee die Wahrheit gepresst hatte: die Sache mit den Einladungen zur Taufe, dem fehlenden Teller – herrje, ihr Vater hatte es halt nicht so mit Zahlen! Dass dreizehn

Feen nicht von zwölf Tellern essen konnten, hätte ihm eben mal jemand sagen sollen! – , der schimpfenden Alt-Fee, dem Todesfluch, der engagierten, aber etwas dusseligen Jungfee in Ausbildung, die aus dem Todesfluch einen Schlaffluch gemacht und dabei irgendetwas durcheinander gebracht hatte. Fand jedenfalls Amalthea, die Verursacherin beharrte störrisch darauf, dass es allen damals wie eine gute Idee vorgekommen sei und dass sich ja auch alle brav ans Schlafen hielten, von Amalthea einmal abgesehen. Sie hatten sich in die Haare bekommen, und schließlich war die Fee verschwunden mit einem letzten »Dann sieh doch zu, wie du klar kommst« als Abschiedsgruß.

Eigentlich kam Amalthea ganz gut klar. Die Speisekammer war für ihre Geburtstagsparty vollgestopft mit Leckereien, keiner schrieb ihr vor, was sie essen und wie sehr sie dabei kleckern durfte, und wenn man die Sache mit der Stille mal vergaß, war es doch recht angenehm, wirklich niemandem Rechenschaft zu schulden. Das einzige Problem war die Sache mit den Kellern, denn obwohl die Spinnen dort vermutlich ebenfalls schliefen, legte Amalthea keinen Wert darauf, die engen Stufen hinab ins Dunkel zu steigen, um diese Vermutung zu überprüfen. Erst als sie feststellte, dass die Diener dort unten das Klopapier aufbewahrten, kam Amalthea in arge Bedrängnis (in mehrfacher Hinsicht). Spinnen oder Papier, das war hier die Frage. Sie löste sie kalendarisch.

Ihr Vater hatte einen Haufen Kalender, mit jeder Menge weichem Papier zum Abreißen. Wozu also in den spinnenverseuchten Keller steigen, wenn die Lösung an den Wänden hing? Das Papier war ein bisschen dünn, aber wenn man mehrere Tage auf einmal nahm, war's okay. Vermutlich würde ihr Vater, wann immer er aufwachte, davon ausgehen, dass er hundert Jahre geschlafen hatte.

Während Amalthea so die Jahre am Arsch vorbei gingen, vergingen die ersten Tage und Wochen. Amalthea glaubte, alles im Griff zu haben. Tagsüber spielte sie im Schloss, rasierte dem Hofschulmeister den Schnäuzer ab, streichelte schlafende Hunde, tanzte allein im Ballsaal und freute sich, dem Geburtstagsball entgangen zu sein. Steife Herren und aufgeblasene, von Inzest gezeichnete Königssöhne, denen sie statt der verdienten Körbe ihre Hand zum Tanz reichen musste, waren ihr seit jeher ein Gräuel. Mit hämischer Freude hatte sie die Hecke entdeckt und in ihrem Schatten gesessen, während auf der anderen Seite die Partygäste eingetrudelt waren. Natürlich hatte das Mannsvolk eine Weile versucht, durch die Hecke zu brechen (und Amalthea dabei eine große Menge neuer Schimpfwörter beigebracht, die ihr als Geschenk besser gefielen als ausgestopfte Schwäne, Duftfläschchen und Glitzerkram). Am Ende waren sie alle ergebnislos wieder abgezogen, während Amalthea ihre Portionen Nachtisch verzehrte und danach einen Monat auf dem Klosett vernichtete.

Ja, und dann entdeckte sie die Tagebücher ihrer Mutter und darin die finsteren Pläne ihrer Eltern, die noch gruseliger als die fetteste Kellerspinne waren:

Der vermaledeite Geburtstagsball sollte ihr Verlobungsball werden! Ihre Eltern hatten den Schlaffluch eiskalt einberechnet und erwarteten sich einen prachtvollen Schwiegersohn als Nebenprodukt, irgendeinen, der ins Schloss kommen und den Fluch brechen würde. Wusste doch jeder, dass so etwas aus jedem Schneidergesell, jedem dritten Sohn oder jedem Dummling einen passablen Helden und Herrschernachfolger machte. Wer einen Fluch brach und/oder ein Königreich rettete, hatte Anspruch auf die Hand der Tochter und mindestens die Hälfte des Reiches nach Abzug aller Steuern und Maklergebühren.

Amalthea war erst sprachlos, dann wütend und dann – zornig. Für was hielten die sie? Ein blondes Dummchen, das sich einfach mal so von der Stelle wegheiraten ließ, bloß weil der Zufall jemanden durch die Hecke schickte? Was, wenn das ein Langeweiler war? Jemand mit Mundgeruch oder schlechtem Musikgeschmack? Einer, der Socken im Bett trug? Einer, der stundenlang sein Schwert allein im Bad polierte? Amalthea las die Princess Today und kannte all die anonymen Jammerbriefe über miese Ehemänner, die durch Fluchbrechung, Drachentötung oder andere langweilige Prüfungen den Sprung auf der Karriereleiter geschafft hatte. Ehemänner, die anders waren als die Prinzen aus dem Starschnitt und den Hochglanz-Artikeln, und von denen die Eltern sicher auch mal geglaubt hatten, sich so lästige Auswahlverfahren sparen zu können – natürlich auf

Kosten ihrer Tochter. Dornblödchen würde man sie vermutlich nennen, wenn sie das zuließ.

Amalthea erreichte den Ballsaal. Hier ruhten vor Kopf der König und die Königin auf ihrem Thron, so dass Amalthea diesen Ort für die Vorbereitungen ihres Gegenangriffs gewählt hatte. Sie wollten einen Schwiegersohn? Sie sollten ihn kriegen! Aber es würde nicht der Zufall sein, der ihn auswählte! Wenn anderswo Müllerssöhne oder Holzfäller Prinzessinnen freien durften, warum dann nicht ein Leadgitarrist mit Sixpack, den schönsten Augen der Welt und einer Vorliebe für einsame Spaziergänge am Strand? Amalthea war nicht sicher, woher sie den Strand kriegen sollte, denn das nächste Meer lag drei Königreiche entfernt, aber das war ein Problem, dem sie sich später stellen würde.

Vorsichtig hob Amalthea eine der Tauben hoch, die sie im Schoß ihrer Mutter abgelegt hatte. Sie hatte sie aus dem Taubenschlag für Fernbriefe genommen, kaum dass sie den Siegelring ihres Vaters und das offizielle Briefpapier des Königreichs stibitzt hatte. Das Wachs war etwas tricky geworden, weil die Kerzenflammen immer gleich entschlafen waren, aber dank einer Lupe und dem Sonnenschein hatte Amalthea einen ordentlich Klecks Siegelwachs auf die Briefrolle bekommen, die sie jetzt sorgfältig am Fuß der schlafenden Taube befestigte – zusammen mit einer Rose, die sie von der Hecke gepflückt hatte, ehe diese zu verdorren begann. Grimmig dachte sie an all die Prinzen und Fürstensöhne, die von ihren Eltern über die Aufgabe mit der schlafenden Prinzessin instruiert worden waren – nur für den Fall, dass sich niemand für sie interessierte, hatte ihr Vater auch gleich die Höhe der Mitgift dazugeschrieben, was Amalthea recht beleidigend fand. Sie war reizend, jawohl! Aber diese Möchtegern-Ehemänner würden sich noch wundern. Sie hatte heute keine Rose für sie!

Mit der Taube in den Händen lief Amalthea wieder hinaus in den Hof und kletterte hinauf auf die Schlossmauer. Von hier oben sah die Hecke eigentlich noch ganz passabel aus, aber Amalthea hatte dem Gitarristen eine Anfahrtskizze in die Einladung aufs Schloss gemalt, die genau zu der brüchigsten Stelle führte.

Behutsam legte sie die schlafende Taube auf das Katapult, genau dort, wo für gewöhnlich die Geschosse abgelegt wurden. Sie hatte ein paar Vögel bei dem Versuch verbraucht, den richtigen Winkel und die richtige Stärke herauszufinden, und ein wenig nervös war sie immer noch, als sie die Kurbel drehte und das Katapult spannte.

»Bring mir Glück«, flüsterte sie dem schlafenden Vogel zu und küsste ihre Fingerspitzen an jener Stelle, an der der Spindelstich vernarbt war. Dann löste sie den Hebel.

Der Vogel flog hoch und höher, beschrieb eine perfekte Kurve – und dann, als er die Hecke überquert hatte, zuckten plötzlich die Flügel hoch, und die Taube flatterte aufgeschreckt herum. Amalthea hielt die Luft an – wenn das Tier mit dem Gehirn in der Größe eines halben Fingernagels jetzt nur nicht umdrehte und in die Hecke stürzte! »Flieg!«, schrie sie erbost. »Flieg! Flieg!«

Die Taube, die gerade mitten aus dem Traum gerissen worden war, in dem sie einem Sportpferd geradewegs in die ondulierte Mähne schiss – im Sturzflug natürlich – schlug mit den Flügeln. Und langsam entfernte sie sich von dem Schloss und der jubelnden Prinzessin, zunächst verwirrt, dann immer schneller. Und wenn sie sich nicht verflogen hat, dann landete sie sicher.

Das Orakel

Der Tempel der Weitsicht stand auf einer kleinen Anhöhe außerhalb des Dorfes, was es seinen Dienerinnen erlaubte, alle Neuankömmlinge schon von weitem zu mustern. Die Bauern, die kamen, um das Orakel über das Wetter der nächsten Wochen zu befragen, waren leicht von den Händlern zu unterscheiden, die über die Absatzchancen ihrer Waren informiert werden wollten. Manchmal verirrte sich auch ein Jüngling zu ihnen, dessen Herz für eine unerreichbar scheinende Schönheit schlug. Die Hohepriesterin seufzte immer, wenn ein solcher den Tempelvorraum betrat: Was auch immer das Orakel weissagte, er würde seine Hoffnung dennoch auf einen Gunstbeweis der Geliebten setzen.

Die drei Gefährten, die sich nun über den schmalen Pfad dem Tempel näherten, gehörten eindeutig zur vierten Kategorie der Ratsuchenden. Nicht nur ihre zerkratzten Lederrüstungen und schweren Rucksäcke, sondern vor allem die Schwerter an ihren Gürteln wiesen sie als abenteuerlustige Söldlinge aus. Ihre abgenutzte Kleidung und die schlammverkrusteten Stiefel verrieten allerdings, dass es ihnen in letzter Zeit wohl schlecht ergangen war. Kein Wunder, dass es mit der Harmonie der kleinen Gruppe nicht zum Besten bestellt war.

»Das ist Geldverschwendung«, klagte die junge Frau, die zwischen den beiden Männern ging. »Dabei habe ich seit Wochen nichts Anständiges mehr zwischen den Zähnen gehabt.«

»Lern kochen«, knurrte der Blonde hinter ihr, doch er tat es so leise, dass sie nicht mehr als ein Murmeln vernahm.

»Herrje, Kassandra«, entgegnete der Dunkelhaarige entnervt. »Ich sage es jetzt wohl zum hundertsten Mal: Ich möchte auf Nummer Sicher gehen!«

»Auf Nummer Sicher«, zischte Kassandra. »Dann vertrödle nicht unsere Zeit und unser Geld mit diesem Ausflug, sondern triff dich mit Jonathans Kontaktmann, Wolf!«

»Genau«, stimmte der Blonde zu. »Ich habe Tage gebraucht, um ihn aufzutun.«

»Jonathans Kontaktmann«, schnaufte Wolf und stapfte energisch voran. »Wenn ich das schon höre! Irgendein schmieriger Bettler gibt ihm in einer verlausten Kaschemme ein Bier aus, und schon ist er Jonathans Kontaktmann, oder was?«

»Er ist se-ri-ös«, schnappte Jonathan beleidigt und betonte sorgfältig jede Silbe.

»Heißt also, er konnte sein Bier selbst bezahlen, ja?«

»Oh, wir werden schnippisch«, kommentierte Kassandra und beschleunigte ihrerseits ihre Schritte, um wieder zu Wolf aufzuschließen.

»Ist es denn ein Wunder, dass ich Jonathans grandiosen Kontakten misstraue, nach all dem Ärger, den wir seinetwegen hatten?«, brummte Wolf.

»Ach, jetzt ist es wieder alles meine Schuld, wie?« Jonathan reckte streitlustig das Kinn und spielte nervös an seinem Schwertgriff herum.

»Ja, wessen Schuld denn sonst?« Wolf blieb so plötzlich stehen und warf sich zu Jonathan herum, dass Kassandra nur mit Mühe einen Zusammenstoß verhindern konnte. »Seit wir dich bei uns aufgenommen haben, sind uns nur Missgeschicke passiert«, begann Wolf seine wütende Aufzählung. »Unsere Ausrüstung ist den Wasserfall runtergegangen, unsere Pferde wurden gefressen, wir saßen im Gefängnis...«

»Gleich wird er sein Schwert erwähnen«, zischte Kassandra Jonathan zu.

»...wurden ein halbes Dutzend Mal beinahe getötet, *und* ich habe mein schönes Schwert bei einer Wette verloren, von der du behauptet hast, da könnte gar nichts schiefgehen.«

»Wer kann auch ahnen, dass der Kopf dieser Hydra nachwächst«, murmelte Jonathan, während Kassandra zufrieden grinste. Manchmal fand sie, dass sie selbst keine so schlechte Seherin abgegeben hätte. Solche Spiele lagen ihr eindeutig im Blut.

»Es geht nicht nur um die Hydra«, fuhr Wolf mit seiner Schimpftirade fort. »Als wir das Höhlensystem erforschten, hast du die Fackeln vergessen und uns mit dieser Öllampe beinahe verbrannt!«

»Sie ist mir hingefallen!«

»Als wir über diesen Wildbach gesetzt haben, musstest du ganz dringend versuchen, einen Fisch zu fangen, und hast das verdammte Boot zum Kentern gebracht!«

»Kassandra hat gesagt, ich würde ihn nie schnappen. Dabei war es ein richtig fetter, lahmer

Barsch.«

»Und natürlich warst du es, der versucht hat, diesem wahnsinnigen Magier während unserer Verhandlungen das goldene Zepter zu stehlen!«

»Es war eine gute Gelegenheit«, verteidigte sich Jonathan. »Ich wusste nicht, dass er das Ding magisch geschützt hatte. Meinst du, ich kämpfe freiwillig gegen Dämonen?«

»Aber der Hammer«, Wolfs Stimmbänder kämpften bereits gegen die Heiserkeit, »der *Hammer* kam ja noch: als wir einen Rastplatz für die Nacht gesucht haben und dich Einfaltspinsel auf die Karte kucken ließen. Da ist eine riesige Höhle, sagtest du. Eine riesi-ge Höhle!« Mit Empörung auf dem Gesicht wandte er sich an ihre Gefährtin. »Du erinnerst dich doch noch, Kassandra?«

Kassandra verzog das Gesicht und nickte ergeben. Ihr war kalt, und außerdem knurrte ihr der Magen.

»Eine riesige Höhle!«, wiederholte Wolf mit überschlagender Stimme. »Und was kam raus, als wir reinmarschierten? Es war eine *Riesen*höhle! Mit Riesen drin! Missmutigen, stinkenden, brutalen, gefräßigen Riesen!«

»Immerhin haben wir überlebt«, brummte Jonathan trotzig und stopfte die Hände in die Taschen.

»Aber nur, weil sie unsere Pferde gefressen haben!«, schrie Wolf und starrte Jonathan zornig an, die Hände mühsam zu Fäusten verkrampft.

Einen Augenblick herrschte Stille. Jonathan schien die unmittelbare Gefahr, in der er sich befand, zu spüren, denn obwohl er ein paar Mal den Mund öffnete, schwieg er, und endlich wandte er den Blick ab und schaute möglichst zerknirscht zu Boden.

Wolf schnaubte zufrieden und wandte sich wieder dem Tempel zu.

»Diesmal«, erklärte er, während er den Pfad entlang stapfte, »diesmal wird es nicht schief gehen. Wir werden das Orakel befragen, statt uns nur auf Jonathans dubiosen Kontaktmann zu verlassen.«

»Ich fand ihn sympathisch«, warf Kassandra ein.

»Du fandst auch den Kerl vor vier Monaten sympathisch«, knurrte Wolf. »Und mysteriös.« Er hob die Brauen.

»Aufregend geheimnisvoll, hat sie gesagt«, verbesserte Jonathan bissig. Warum eigentlich schob Wolf immer die ganze Schuld auf ihn?

Kassandra zuckte mit den Achseln. »Er *war* ja auch sympathisch.«

»Ja, und ganz nebenbei ein widerlicher Nekromant, der dich fast seinem Götzen geopfert hätte, wenn du nicht dafür gesorgt hättest, dass er genau wusste, dass du keine Jungfrau mehr bist.«

»Eifersüchtig?« Sie warf Wolf einen neckischen Augenaufschlag hinterher.

Wolf verfiel in Schweigen. So wurde die Stille auf dem Weg zum Tempel nur von Kassandras Beschwerden unterbrochen, dass diese ganze Wahrsagerei doch sowieso nur Heuchelei und Hühnerkacke sei und dass man besser zum Gasthaus statt zum Tempel pilgern sollte. Sie verstummte erst beim Eintritt in den Vorraum des Tempels.

Drei Dienerinnen in weiten blauen Gewändern betrachteten sie skeptisch, und den Gefährten wurde ihre armselige Erscheinung bewusst. Kassandra fuhr sich hastig durch die Haare, während Jonathan versuchte, den Schlamm seiner Stiefel am Hosenbein abzuwischen. Nur Wolf blieb halbwegs gefasst. Er rückte seine schäbige Rüstung zurecht und trat auf die Dienerin in der Mitte zu. Mit der vollendeten Eleganz eines Ritters überreichte er ihr den kleinen Beutel, der ihr letztes Silber enthielt. Die Dienerin flüsterte ihm etwas zu und verschwand gemeinsam mit den beiden anderen durch einen Vorhang.

»Und jetzt?«, fragte Kassandra lakonisch, um das Knurren ihres Magens zu übertönen.

»Wir warten«, erwiderte Wolf kurz angebunden und behielt Jonathan scharf im Auge, der mit offenem Mund die goldenen Kerzenhalter an den Wänden bestaunte.

Kassandra wollte gerade zu einer giftigen Antwort ansetzen, als auch schon ein junges Mädchen erschien, gekleidet in das weiße Gewand einer Novizin, und die drei Gefährten bat, ihr in den Nebenraum zu folgen.

Der Anblick des nahezu kreisrunden Gemachs aus Marmor überwältigte Wolf, ohne dass er den genauen Grund dafür hätte nennen können. Vielleicht war es die Wärme, die den vielen Kerzen und Feuerschalen zu verdanken war, vielleicht auch das Funkeln der Opfergaben, Münzen und Schmuckstücke, die auf Tischen entlang den Wänden aufgereiht lagen. In der Raummitte saß eine hagere

Frau in schwarzen Gewändern auf einem prachtvoll geschmückten Sessel. Ihr ernstes Gesicht war den Gästen zugewandt, die sie unter schweren Lidern gleichmütig betrachtete.

»Die Hohepriesterin«, wisperte die Novizin und verbeugte sich.

Wolf tat es ihr gleich, während Jonathan mühsam seinen Speichelfluss unterdrückte, indem er sich über die spröden Lippen leckte. Angesichts des Reichtums begannen seine Finger vor lauter Vorfreude zu jucken. Nur die drei Dienerinnen, die ebenfalls dort im Schatten standen, verhinderten, dass er hinüberlief und sich die Taschen vollstopfte. So viel unerreichbares Gold – Jonathan traten Tränen in die Augen, und er senkte rasch Ergebenheit heuchelnd den Kopf.

Sogar Kassandra war von dem Raum beeindruckt und entschied sich, ihrem Missfallen über die nun wohl unumgänglich gewordene Prozedur lediglich durch eine ablehnende Körperhaltung Ausdruck zu verleihen.

Die Dienerinnen in den Schatten begannen mit einem tiefen, melodischen Singsang, und die Hohepriesterin erhob sich. Ihre von Schatten umgebenen Augen schienen geradewegs ins Leere zu blicken. Die Novizin trat wieder an Wolfs Seite.

»Das Orakel wird durch die Hohepriesterin sprechen. Du kannst nun deine Frage stellen«, sagte sie leise, aber bestimmt und versetzte Wolf einen leichten Stoß, so dass der Mann räuspernd vorwärts taumelte. Der Gesang der Dienerinnen brach ab.

»O allwissendes Orakel«, begann Wolf ehrfürchtig und verbeugte sich so tief, dass sein Gesicht fast den Boden berührte. »Seit Monaten hat uns das Glück verlassen, und statt mit Gold und Ruhm endete jeder unserer Aufträge in einem katastrophalen Desaster, aus dem wir nur unser nacktes Leben retten konnten. Nun stehen wir erneut an der Schwelle zu einem Abenteuer, das Ruhm und Reichtum verspricht. Was, o weises Orakel, rätst du uns zu tun?«

Stille. Kein Laut drang von den Lippen der Hohepriesterin. Ihr Körper pendelte sanft, und ein apathischer Ausdruck lähmte ihre Gesichtszüge und kroch in ihre Augen. Minutenlang war nichts außer Atem und dem Knistern der Feuerschalen zu vernehmen.

Wolf richtete sich unsicher auf und warf seinen Gefährten einen nervösen Blick zu. Jonathan näherte sich gerade behutsam den Opfergaben, und auf Kassandras Gesicht lag ein schnippischer Ausdruck. Beides sorgte bei Wolf nicht gerade für Hochstimmung.

In genau jenem Augenblick erhielt Wolf seine ersehnte Antwort – auch wenn sie anders ausfiel als erwartet.

»Beim nächsten Auftrag wird alles anders.«

Die Stimme der Hohepriesterin dröhnte in ihren Ohren, während sich ihr Körper wie unter wilden Schmerzen zuckend aufbäumte. Selbst Kassandra trat ehrfürchtig einen Schritt zurück, und Jonathan stopfte eilig seine leeren Hände zurück in die Taschen.

Die Hohepriesterin fiel erschöpft in den Sessel zurück. Ihr bleiches Gesicht war von Schweiß überströmt, aber in ihre Augen kehrte blinzelnd das Bewusstsein zurück. Zwei der Dienerinnen eilten ihr mit Tüchern und Wasserkrug zu Hilfe.

»Ihr könnt nun gehen«, sagte die Novizin und legte Wolf die Hand auf den Oberarm.

»Aber das war doch nur ein kurzer Satz«, rutschte es Kassandra heraus.

Das Mädchen warf ihr einen bitterbösen Blick zu. »Die Worte des Orakels sind stets kurz. Es liegt nun in eurem Ermessen, sie auszulegen.«

»Humbug«, sagte Kassandra entschieden, als sie wieder draußen vor dem Tempeleingang standen und der frische Wind ihren Appetit anregte. »Und dafür ist jetzt unser Abendessen draufgegangen.«

»Wieso?« Jonathan hatte den Ärger über die verlorenen Münzen rasch verdaut. Zumindest hatte ihn der Besuch von dem quälenden Gedanken an zukünftige Debakel erlöst. »Das Orakel sagt, es wird anders, schon beim nächsten Job. Das heißt, unsere Pechsträhne ist vorbei!«

»Ich weiß nicht.« Wolf schüttelte nachdenklich den Kopf. »Was, wenn...«

»Ach, jetzt hör aber auf«, unterbrach ihn Jonathan munter. »Du hast das Orakel befragt und eine Antwort bekommen, wie sie besser nicht hätte sein können. Jetzt lass auch die ständige Maulerei und schau ein bisschen fröhlicher drein!«

»Er hat Recht«, stimmte Kassandra Jonathan zu. »Man könnte ja fast meinen, du wolltest ein Haar in der Suppe finden, die du dir selbst eingebrockt hast. Und außerdem kommen wir endgültig zu spät zu unserem Treffen mit Jonathans Kontaktmann, wenn wir jetzt nicht aufbrechen. Vielleicht«, ihre Augen leuchteten bei diesem Gedanken, »lädt er uns ja zum Essen ein.«

Sie klopfte Wolf kameradschaftlich auf die Schulter und machte sich auf den Rückweg.

»Genau, alter Junge.« Jonathan schenkte Wolf sein breitestes Grinsen. »Der Kerl ist seriös. Hab ich doch gleich gesagt.« Als er das Zucken in Wolfs Augenwinkeln sah, beeilte sich Jonathan, Kassandra zu folgen.

Wolf blickte den beiden melancholisch hinterher. Der Orakelspruch hatte eine seltsame Beklemmung in ihm ausgelöst, und nun, da sich Kassandra und Jonathan immer weiter von ihm entfernten, fragte er sich, ob es klug war, ihnen zu folgen. Vielleicht war die Zeit gekommen, seine eigenen Wege zu gehen, und...

»Kommst du?« Kassandra war stehen geblieben und sah ungeduldig zu Wolf zurück.

Wolf seufzte und zuckte mit den Schultern, ehe er sich schwerfällig in Gang setzte und den beiden nachtrottete.

»Das ist Zeitverschwendung«, klagte Kassandra und ließ die Fackel sinken. »Dieses stinkende Loch bietet uns nichts als Steine und Dunkelheit. Und vielleicht ein paar Spinnen.« Sie hob angeekelt die Oberlippe.

»Und was erwartest du?«, erwiderte Jonathan genervt. »Ein Hinweisschild: *Zum Schatz bitte links*?«

»Deine dummen Sprüche kannst du dir sparen. Immerhin krauchen wir nur wegen deines großartigen Kontaktmannes hier wie die Maulwürfe herum.«

»Ach, jetzt ist es wieder mein Kontaktmann, ja? In der Kneipe konntest du nicht tief genug in seine Armbeuge kriechen, aber jetzt, wo deine Weiblichkeit sich zu langweilen beginnt, kannst du wieder nur meckern und meckern und meckern.« Kassandra machte Anstalten, mit der Fackel nach ihm zu schlagen, doch Jonathan wich geschickt zur Seite.

»Langsam glaube ich jedenfalls, dass Wolf recht hat mit seiner Unkerei«, fauchte Kassandra. »Dein ach so seriöser Kontaktmann war vermutlich ein armer Irrer, und wir sind noch viel wahnsinniger, weil wir ihm sein Märchen abgekauft haben. Ehe wir hier über einen Drachenhort stolpern, werden wir elendig verhungern.«

»Besser das, als deine ewige Nörgelei zu ertragen.«

»Weißt du, wenn ich keine Dame wäre, dann...«

»Leise«, zischte Wolf. Er tauchte wie ein Schatten aus der Dunkelheit auf, riss Kassandra die zitternde Fackel aus der Hand und blickte zornig von einem zum anderen. »Falls es euch nicht bewusst ist und falls Jonathans Kontaktmann wider aller Erwartung nur halb so von Sinnen war, wie er wirkte, dann sind wir auf dem Weg zu einem Drachenhort. Und wie der Name es schon verrät, spazieren wir dann gerade über den Hausflur eines Drachen. Diese großen schuppigen Gesellen mit Flügeln? Heißer Atem, schlechte Laune und extrem geizig? Ihr erinnert euch?«

»Was für ein Drache?« Jonathans Lachen klang nicht ganz so natürlich und entspannt wie geplant, sondern hallte dünn von den Felswänden wider. »Er hat gesagt, der Drache sei weg. Schon seit Monaten.«

»O ja« Wolf schnaufte abfällig. »Und warum auch sollte dieser Drache, falls er überhaupt jemals verschwunden war, nicht ausgerechnet in genau dem Moment zurückkommen, wenn wir in seinen Schätzen wühlen? Bei unserem Glück wenig wahrscheinlich.« Er verzog zynisch die Mundwinkel.

»Stell dich nicht so an, großer Anführer.« Kassandra verschränkte die Arme vor der Brust, reckte das Kinn und sah über ihre Nasenspitze spöttisch auf Wolf herab. »Hast nicht du immer behauptet, mit einem guten Schwert und etwas Mumm in den Knochen würdest du selbst Drachen kochen?«

»Das war vorher.« Sein Gesicht bekam einen abweisenden Ausdruck.

»Jetzt fängt das wieder an«, stöhnte Jonathan und schlug sich mit der flachen Hand gegen die Stirn. »Seit wir den Tempel verlassen haben, verbringst du Tag und Nacht damit, dir den Kopf über eine möglichst miese Auslegung zu zerbrechen.« Er baute sich herausfordernd vor Wolf auf und stieß ihm seinen Zeigefinger gegen die Brust. »Uns wird *nichts* passieren. Wir werden *nicht* sterben. Wir werden da hereinspazieren, die Schätze abgreifen und als reiche Menschen wieder hinaus ans Tageslicht treten. So leicht ist das.«

Wolf hatte nur einen verachtenden Blick übrig, und Jonathan zog hastig seinen Finger zurück. Als er hilfesuchend zu Kassandra hinübersah, die nur stumm mit dem Kopf schüttelte, zuckte er mit den Schultern. »Ist doch wahr«, brummte er.

Wolf drückte ihm wortlos die Fackel in die Hand. Sein Bedarf an Diskussionen war gedeckt. Wenn sie gern blind in ihr Unheil rennen wollten, bitteschön. Er würde sie sowieso nicht aufhalten können, und solange wenigstens einer auf der Hut blieb, hatten sie eine Chance zu überleben.

»Also weiter«, seufzte Jonathan und rückte seinen Rucksack zurecht. Wie die seiner Gefährten hatte sich sein Rucksack in den vergangenen Tagen bedenklich geleert, so dass einer der Träger immer wieder über seine Schulter rutschte. »Oder willst du vorgehen?« Er blickte zu Kassandra und deutete eine lakonische Verbeugung an.

Kassandra rümpfte die Nase und stieß missmutig mit dem Fuß gegen einen Kieselstein, der sich munter klappernd in der Dunkelheit verlor und schließlich mit einem metallischen Klimpern verstummte.

Wolf, Kassandra und Jonathan wechselten rasche Blicke. Metall, in dieser Einöde, das konnte doch eigentlich nur eines bedeuten. Selbst Wolfs Herz geriet eine Sekunde aus dem Rhythmus.

Jonathans Augen schienen heller als das Feuer seiner Fackel. »Das ist es«, flüsterte er enthusiastisch.

Kassandra leckte sich über die trockenen Lippen. »Da lang«, hauchte sie und deutete mit dem Kopf in die Richtung, in welche der Kiesel gerollt war. Jonathan war bereits unterwegs.

»Seid vorsichtig«, warnte Wolf und griff nach Kassandras Arm. »Der Drache...«

»Kein Drache, Wolf.« Kassandra funkelte ihn wütend an und riss sich los. »Nur der Hort. Hab doch *einmal* Vertrauen ins Glück; oder meinetwegen auch in dein Orakel!«

Ehe Wolf antworten konnte, war Kassandra Jonathan gefolgt. Wolf seufzte und ließ bedrückt den Kopf hängen. Wie konnte er ihnen nur klar machen, dass er nur das Beste für sie alle wollte?

Er zuckte schwer mit den Schultern, ehe er den beiden gesetzten Schrittes folgte. Die Gefahr, auf dem unebenen, abschüssigen Boden zu stolpern und damit ein leichtes Opfer eventueller Gegner zu werden, war viel zu groß, als dass er ebenso ungestüm vorgeprescht wäre wie seine Gefährten. Sowieso ging von diesem Ort eine größere Bedrohung aus, als Kassandra und Jonathan in ihrer Gier nach dem Schatz wahrhaben wollten. Hatte er vorhin nicht Schritte gehört? Und lag da nicht ein schwacher Geruch von Exkrement in der Luft? Wolfs Sinne waren aufs Äußerste gespannt, während er seinen Weg in die Dunkelheit suchte. Beim nächsten Auftrag wird alles anders, hämmerte es aus seinem Gedächtnis. Alles anders. Anders. Das Echo seiner Erinnerung dröhnte in der Stille des Berges. Alles würde anders werden, schon bald. Und er, Wolf, konnte es nicht verhindern.

Da begann das Schreien. Schrill und durchdringend gellte Jonathans Stimme durch den Gang. Wolf beschleunigte seine Schritte. Jetzt mischte sich auch Kassandras Falsett hinzu. Irgendwo vor Wolf war ein schwacher Lichtschein. Er musste zu ihnen, musste ihnen beistehen, auch wenn sie gegen einen Drachen nicht die geringste Chance hatten! Noch im Laufen zog er sein Schwert und fluchte innerlich wie so oft über das grausame Schicksal, das ihn nötigte, diese halb stumpfe, unausgewogene Klinge zu führen statt seines guten alten Stahls.

Schlitternd kam er an einer Felsspalte, aus der zitterndes Licht quellte, zu stehen. Das Schreien klang nun ganz laut, und Wolf stutzte für einen Augenblick. Aus der Nähe klang es wie die arg verzerrte Version eines alten Freudenliedes, wie die Soldaten es nach der Schlacht sangen – hier mit weniger Geklapper, dafür mehr Gejohle. Vorsichtig spähte Wolf durch die Spalte. Was er erblickte, verschlug ihm fast den Atem.

Jonathan und Kassandra hatten sich an den Oberarmen gegriffen und tanzten ausgelassen über einen Hügel aus Münzen, der groß genug war, einem ausgewachsenen Bullen als Lager zu dienen. Um Kassandras Hals hingen wahllos einige Ketten aus schweren Edelsteinen, und auf Jonathans blondem Schopf thronte ein silberner Helm, der ihm halb über die Augen gerutscht war.

»Wolf!«, rief Jonathan, als er den Neuankömmling bemerkte. »Sieh dir das an! Sieh-dir-das-an!«

»Wir sind reich!«, jubilierte Kassandra, ließ Jonathans Arme los und rutschte über den Münzhaufen in

Wolfs Richtung. Er konnte gerade noch sein Schwert senken, ehe sie ihm um den Hals fiel. »Reich, Wölfchen, reich!«

»Dein Orakel hatte Recht!« Jonathan ließ sich auf die Knie fallen und griff mit beiden Händen in die Schätze. »Dieses Mal kehren wir nicht mit leeren Händen heim.«

Kassandra drückte dem nach wie vor wie versteinert wirkenden Wolf einen Kuss auf die Lippen, zog ihren Rucksack von den Schultern und stolperte glückselig zurück. »Lasst uns einpacken«, lachte sie übermütig. »Und dann verschwinden wir von hier.«

Wolf schien ihr gar nicht zugehört zu haben. Nervös schweiften seine Blicke durch die Höhle. Dort, wo das Licht der Fackel nicht hinreichte, lauerte die Dunkelheit. War da nicht ein warmer Lufthauch, ein schwerer, schwefelig riechender Wind? Und kratzten da nicht Krallen über den Stein?

»Komm schon, Wolf«, rief Jonathan und winkte mit einem goldenen Kelch. »Steh nicht herum wie eine Salzsäule. Hilf uns lieber beim Einpacken!«

Wolf reagierte nicht, sondern schloss die Augen, um besser lauschen zu können. Sein Nacken kribbelte, und seine Hand schloss sich krampfhaft um den schweißnassen Schwertgriff. Irgendetwas beobachtete ihn, beobachtete sie alle. Wie oft hatte er dieses Gefühl gehabt, wie oft hatte ihm sein Instinkt das Leben gerettet. Wie oft waren sie in den letzten Monaten dem Tod gerade noch im letzten Augenblick von der Schippe gesprungen.

Beim nächsten Auftrag wird alles anders.

Wolf verstand.

»Raus hier.«

»Was?« Verwirrt hielten Jonathan und Kassandra inne, die Hände noch im Gold, und starrten Wolf fassungslos an.

»Raus hier!« Er blickte sich hektisch um, das Schwert kampfbereit erhoben, während er sich Schritt für Schritt seinen Gefährten näherte. »Begreift ihr nicht?«, fragte er heiser. »Anders als sonst – das Orakel hat es gesagt! Jetzt kommt schon!«

Jonathan und Kassandra warfen sich einen Blick zu.

»Jetzt hat er den Verstand verloren«, bemerkte Kassandra.

»Völlig durchgeknallt«, stimmte Jonathan zu und stand zögerlich auf. Seine linke Hand stopfte halbherzig einige Münzen in seine Hosentasche, während die rechte noch immer den Kelch umschloss.

»Macht voran«, zischte Wolf nervös, schob sich schützend vor den Schatzhaufen und fixierte die Dunkelheit. »Er spielt doch nur mit uns.«

Kassandra hob langsam die Hand und tippte sich mit dem Finger gegen die Schläfe. Ihr Rucksack war noch nicht einmal halbvoll, doch in dieser Stimmung war Wolf unberechenbar. Es war ihm zuzutrauen, dass er sie zwang, die Höhle tatsächlich zu verlassen, und wer wusste, ob ihnen dann nicht eine andere Gruppe Abenteurer zuvorkam. Unsicher sah sie zu Jonathan herüber. Ihm schienen dieselben Gedanken durch den Kopf zu gehen.

»Wir müssen gehen, sofort!« Wolfs Atem ging

schwer, während seine Augen die Finsternis zu durch-
leuchten versuchten, und er winkte mit der Linken,
um seine Gefährten anzustacheln. »Es gibt nur diesen
Ausweg!«

»Nur diesen Ausweg«, knurrte Jonathan
entschlossen, glitt näher an Wolf heran und holte mit
dem Kelch aus.

Die Sonne stand dicht über dem Horizont und
tauchte die kahle Ebene in blutiges Licht. Irgendwo
sang ein einsamer Vogel. Wolfs Finger glitten tastend
über nackten Erdboden, während er sich zu entscheiden versuchte, wo bei allen Göttern er gelandet
war. Der Schmerz in seinem Kopf legte die Theorie
nahe, dass er noch nicht aus dem Leben geschieden
war.

Kassandras besorgtes Gesicht tauchte über ihm
auf, und warme Hände glitten über seine Wangen.
Dann erschien Jonathans Kopf neben Kassandra, und
Wolf schloss stöhnend die Augen.

»Er kommt zu sich«, sagte Kassandra.

»Gut«, knurrte Jonathan. »Mein Rücken hätte ihn
auch nicht mehr lange tragen können.«

Soviel zu seinem Traum. Ächzend richtete sich
Wolf halb auf und bereute es sofort. Sein Schädel
schien zerspringen zu wollen.

»Was ist passiert?«, fragte er mit brüchiger
Stimme.

»Erinnerst du dich denn nicht mehr?« Kassandra
hockte neben ihm und blickte ihn aufmerksam an.

Wolf schüttelte langsam den Kopf und befühlte

stöhnend die klebrige Schwellung an seinem Hinterkopf. »Ich erinnere mich nur noch an einen langen, dunklen Gang«, begann er stockend. »Und Gold, ein Haufen Gold. Es stank nach Echse. Und dann habe ich euch angeschrien, dass ihr euch bewegen sollt, und dann...« Wolf runzelte die Stirn und starrte in die Luft, während Jonathan und Kassandra besorgte Blicke tauschten. Schließlich zuckte Wolf mit den Schultern. »Nichts«, sagte er. »Da ist nichts mehr.«

Er machte Anstalten, sich zu erheben, und geflissentlich kamen ihm seine Gefährten zur Hilfe. Kassandra zog ihn auf die Füße, während Jonathan den Dreck von seiner Kleidung klopfte.

»Also, was ist passiert?«, fragte Wolf auffordernd in die geschäftige Stille. Wieder wechselten seine Gefährten Blicke.

»Der Drache«, begann Jonathan zögerlich, während er sich auf einen hartnäckigen Fleck an Wolfs Schulter zu konzentrieren schien. »Der Drache ist gekommen. Plötzlich war er da, und sein Flügel... sein Flügel...« Er stockte.

»Er muss dich mit seinem Flügel umgestoßen haben, als er aus der Ecke stürzte«, fuhr Kassandra eilig fort. »Es ging alles so schnell. Wir sind nur mit knapper Not entkommen.«

»Gerade so eben«, bestätigte Jonathan frenetisch nickend. »Ganz wie immer.«

»Wie immer, ja?« Wolfs Blick ruhte prüfend auf den Mienen seiner Gefährten. Eine lautlose Stimme wisperte skeptisch, dass sie ihm etwas verschwiegen, doch das Flüstern verlor sich im Dröhnen seines

Schädels.

»Nun, es ist nicht ganz wie immer.« Kassandra konnte sich ein breites Grinsen nicht verkneifen, als sie mit ihren Fingern gegen ihren prall gefüllten Geldbeutel trommelte. »Dieses Mal hatten wir ein bisschen Zeit.«

»Ihr habt – du meinst, *wir* haben Beute gemacht?«, verbesserte sich Wolf rasch.

»Genug für ein Festessen«, lächelte Kassandra.

»Und für ein neues Schwert sollte es auch reichen«, fügte Jonathan fröhlich hinzu und deutete auf die leere Schwertscheide an Wolfs Hüfte. »Dein altes muss in der Höhle zurückgeblieben sein. Aber mach dir darüber keinen Kopf.« Er bückte sich und hob ein Bündel empor, das ehemals Teil von Wolfs Umhang gewesen war. »Fünfundzwanzig glitzernde Goldstücke, für jeden von uns. Und das«, er wickelte einen verbeulten Goldkelch aus, »das ist ein Bonus für dich.«

»Weil du uns schließlich das Leben gerettet hast«, erklärte Kassandra und schlug ihm freundschaftlich auf den Rücken.

Wolf nahm überwältigt seine Belohnung in Empfang. »Ich bin gerührt«, gestand er. »Aber andererseits – es war schließlich meine Idee, dem Orakel einen Besuch abzustatten.«

»O ja.« Kassandras Lächeln war unerschütterlich. »Wir wollen das Orakel nicht vergessen.«

»Vielleicht«, überlegte Wolf und wog abschätzend den Beutel in seiner Hand, »vielleicht sollten wir noch einmal am Tempel vorbeisehen und uns für die

Hilfe bedanken.«

»Für die… autsch!« Jonathan rieb sich wütend das schmerzende Schienbein, doch Kassandra stieß ihn zur Seite und schenkte Wolf ihr breitestes Lächeln.

»Wenn du meinst, Wolf, dass es richtig ist, sollten wir es tun. Wir verdanken dem Orakel schließlich eine Menge.«

Der Tempel der Weitsicht auf seiner kleinen Anhöhe thronte glänzend im Licht der Nachmittagssonne, als die Hohepriesterin höchstpersönlich in Begleitung ihrer Dienerinnen den edlen Gönnern des Tempels gütig vom Treppenabsatz nachblickte. Dreißig Goldstücke dankbar gespendet waren selten, und auch der Goldkelch würde, sobald man ihn ein wenig ausgebeult hatte, eine hübsche Bereicherung des Tempelschmucks abgeben. Mehr noch als die Gabe hatten die Hohepriesterin aber die Einigkeit und Inbrunst beeindruckt, mit denen jene drei Freunde aufgetreten waren. Die Hände des Blonden hatten sogar gezittert, als er seine zehn Münzen in die Schale gezählt hatte, und vor Dankbarkeit hatten ihm Tränen in den Augen gestanden. Hätte die Frau ihn nicht am Arm ergriffen, vielleicht hätte er vor Rührung wirklich noch geweint.

Die Novizin in ihren weißen Gewändern stand am Rand des Absatzes und winkte zaghaft den drei Gefährten nach, als diese auf der Hälfte des Weges noch einmal anhielten. Der blonde Mann und die Frau lockerten die Träger ihrer schweren Rucksäcke, lehnten die Hilfe des Dunkelhaarigen, dessen Rucksack ziemlich schlapp herabhing, aber freundlich ab. Der Dunkelhaarige zuckte mit den Schultern und drehte sich gelangweilt zum Tempel um. Die Novizin sah seine Zähne blitzen, ehe er die Hand hob, um ihren Gruß zu erwidern.

Lächelnd folgte die Novizin den anderen in den Tempel.

Himmel und Engel

Der Schutzengel

Jeder Weg beginnt mit einem ersten Schritt – für gewöhnlich. Johannas Weg indes begann immer damit, sich auf diesen Schritt vorzubereiten.

Johanna glaubte nicht an das Glück, sie wusste Bescheid über die Kontrolle. Fast nichts in ihrem Leben hatte sie dem Zufall überlassen. In der Schule hatte sie, statt sich in ihr Mädchenschicksal zu ergeben, fleißig gelernt. Sie hatte ge*wusst*, nicht geahnt, dass ihr das später nützlich sein würde. Den Krieg, mit dem dieser Wahnsinnige ihre Heimat überziehen würde, hatte sie genauso vorhergesehen wie die Tatsache, dass ihr damaliger Verlobter immer nur Sachse, niemals aber Emigrant sein würde. So hatte sie ihren Koffer gepackt und war allein in den Zug über die Grenze gestiegen. Und doch hatte sie etwas, eine unbestimmte Vorahnung – bei einem Menschen wie Johanna von Heimweh zu reden, wäre zu sentimental – nach dem Krieg zurückkehren lassen, wenn auch nach Köln und nicht nach Dresden.

Das Wirtschaftswunder kam, ein neuer Verlobter war auch gefunden, und ehe zehn Jahre ins Land gezogen waren, hatte Johanna ein Häuschen mit Garten, eine Arbeit bei der Zeitung, einen Führerschein und einen Ehemann mitsamt zwei gesunden Kindern. Nichts davon war Zufall oder gar Glück gewesen, alles hatte sie sich erarbeitet und geplant. Johannas Leben war vollkommen – weil sie jeden Tag aufs Neue ihr Bestes gab und keinen Schritt machte, den sie vorher nicht umsichtig geplant hatte. Bei allem guten Willen; Risiken einzugehen war nicht Johannas Sache. Sie hatte ihr Leben unter Kontrolle.

Auch den Tod ihres Mannes hatte Johanna vorhergesehen. Zugegeben, das war nicht weiter schwer, wenn jemand in seinem Alter mit Lungenkrebs ins Krankenhaus kam. Zu weinen, seinen Tod und ihr Leid zu beklagen, das entsprach ebenso wenig Johannas Naturell wie die Sache mit den Risiken. Sie würde ihn vermissen, aber deswegen am Grab die Contenance verlieren, während alle Freunde und Verwandten, die Kinder und die Enkel, die Nachbarn und die ehemaligen Arbeitskollegen einem dabei zusahen? Nein, diese Blöße gab sich Johanna nicht.

Und doch, als der letzte Gast das Restaurant verlassen hatte, in dem sie in geselliger Runde des Toten ein letztes Mal gemeinsam gedacht hatten, und Johanna allein in ihrem Wagen saß, überlegte sie sich, dass es nicht schaden konnte, noch einmal am Grab nach dem Rechten zu sehen.

Der Blumenhügel war beachtlich, durchaus. In der Mitte prangte natürlich das gelbe Rosengesteck, das Johanna für ihren Gatten ausgesucht hatte, mit einer großen weißen Schleife darin. Dies war das Grab ihres Mannes, und niemand sollte daran vorübergehen, ohne dass nicht sein Blick am Kranz der trauernden Witwe hängengeblieben war. Es gehörte sich einfach so.

Johanna starrte wort- und gedankenlos in den Wirrwarr aus Blüten und Tannengrün, und nach einer Weile kam sie sich albern vor. Was hatte sie überhaupt dazu gebracht, noch einmal herzukommen? Es gab nichts, was hier noch zu tun gewesen wäre. Wenn sie nicht achtgab, würde sie sich noch eines Tages dabei ertappen, wie sie am Grab stand und mit jemandem sprach, der ihr keine Antwort mehr geben konnte.

Unwillig schüttelte Johanna den Kopf und wandte sich ab. Sie würde nach Hause gehen und eine Liste erstellen, um bei den Dankesschreiben niemanden zu vergessen. Und vielleicht würde sie sich einen kleinen Kognak gönnen, nach den Strapazen der letzten Tage. Sie war schließlich nicht mehr die Jüngste.

Johanna hatte das Friedhofstor schon fast erreicht – der Lärm der nahen Straße drang bereits bis zu ihr, als etwas Weißes am Rand ihres Blickfeldes ihre Aufmerksamkeit auf sich zog. Noch im Gehen sah Johanna hinüber zu der großen Weide, die recht idyllisch hinter einer Bank auf einem kleinen Hügel stand, umgeben von sorgsam gepflegten Gräbern. Eine Gestalt, halb verborgen von den hängenden Zweigen, lehnte an dem mächtigen Stamm, ganz klein, fast winzig in sich zusammengesackt, den blonden Lockenkopf auf den Knien. Und wer immer es sein mochte – das Zucken seiner Schultern war deutlich zu erkennen. Offensichtlich schluchzte sich dort jemand die Seele aus dem Leib. Johanna blieb stehen. Es gehörte sich nicht, derart auf einem Friedhof herumzulungern, und in ihr wuchs das dringende Bedürfnis, diese Handlungsweise sogleich zu unterbinden. Entschlossen änderte sie daher ihren Weg und marschierte geradewegs auf die Weide zu.

Als sie näherkam, entdeckte sie zu ihrem Erstaunen, dass es sich bei der Gestalt im Schatten um ein Kind handeln musste; ein Kind, das völlig unpassend für Zeit und Ort ein schneeweißes Nachthemd trug, dessen Saum knapp die Hälfte der Waden bedeckte. Vor ihm im Gras glänzte etwas, doch sobald Johanna versuchte, ihren Blick darauf zu schärfen, schien es ihr ganz verschwommen – oder gleich verschwunden zu sein.

Das Kind musste sie gehört haben, denn es hob den Kopf, und ein kleiner pausbäckiger Junge mit roten, verquollenen Augen starrte Johanna fast feindselig an. »Geh weg«, schnappte er und zog hörbar die Nase hoch.

Für einen Augenblick war Johanna zu perplex, um darauf zu reagieren, doch dann stemmte sie die Fäuste in die Seiten, hob das Kinn und begegnete furchtlos dem Blick des Knaben. »Was treibst du hier?«, fragte sie streng. »Und wo sind deine Eltern?«

»Was ich hier treibe?«, wiederholte der Knabe schrill. »Das frage ich mich auch jeden Tag! Ach, es ist alles deine Schuld!«

»Meine Schuld?« Jetzt war es dem Knaben gelungen, Johanna aus der Fassung zu bringen. »Was habe ich denn damit zu tun?«

»Deinetwegen bin ich doch nur hier!«, entgegnete er. »Nur deinetwegen!« Damit brach er wieder in Tränen aus, lehnte die Stirn gegen die Knie und schluchzte herzzerreißend.

»Na, na, na«, sagte Johanna – wobei sie sich schon ein wenig albern vorkam, aber das war die einzige Reaktion, die ihr angemessen erschien. Umständlich ließ sie sich neben dem Jungen nieder, nestelte ein Taschentuch aus ihrer Handtasche hervor und reichte es ihm. Ohne hinzusehen griff er danach, schnäuzte sich und reichte das Tuch zurück. Johanna beschloss, den Augenblick zu nutzen.

»Wer bist du denn überhaupt?«

»Angelo«, stellte sich der Knabe vor. Er hatte vom Weinen einen Schluckauf bekommen. »Dein Schutzengel.«

»Schutzengel?« Unwillkürlich wich Johanna ein Stück zurück.

»Ich weiß.« Angelo hob die Hand und winkte ab. »Du glaubst nicht an Schutzengel. Du glaubst überhaupt an nichts. An nichts als die Tatsache, dass dein Leben von niemand anderem bestimmt wird, als von dir selbst. Ich weiß das alles! Immerhin begleite ich dich schon dein ganzes Leben.«

»Mein ganzes Leben?« Skeptisch hob Johanna eine Braue. Sie betrachtete Angelos glattes Gesicht, den blonden Lockenkopf, die kleinen Hände und stellte sich ihren Körper daneben vor: grau, faltig, verwelkt. »Müsstest du dann nicht schon älter sein?«

»Das ist es ja gerade!« Angelo griff wieder nach dem Taschentuch, das Johanna noch immer in die Luft hielt, und schnäuzte sich erneut. »Engel wachsen an ihren Aufgaben«, erklärte er ihr anschließend. »Aber du hast dich nicht einmal in meine Obhut übergeben! Immer warst du es selbst, die ihre Entscheidungen getroffen hat – und dabei warst du stets so

vernünftig und vorsichtig, dass es zum Haareaus-
raufen war!«

»Ich...«, stammelte Johanna. So recht wusste sie
nicht, was sie sagen sollte. Natürlich protestierte ihr
Verstand aufs Energischste. Schutzengel! Was würde
er ihr als nächstes erklären? Dass die Erde eine Scheibe war? Und doch, wenn sie diesen Knaben in seinem
Nachthemd so ansah – da wusste sie, dass er die
Wahrheit sagte. Engel lügen nicht.

»Wenn du mich doch nur einmal hättest helfen
lassen«, klagte Angelo derweil. »Ich hätte alles richtig
gemacht, ich hätte auf dich aufgepasst wie der Mond
auf die Sterne. Nichts wäre passiert, und ich wäre
groß und stark geworden. Wenn doch nur...« Seine
Augen begannen sanft zu glänzen, während er
sprach, doch dann flog wieder ein Schatten über sie.
»Aber nein, das würdest du ja doch nie tun.«

»Was würde ich nie tun?«

»Dich mir anvertrauen.« Angelo erhob sich etwas
wacklig und strich sein Hemd glatt, während er sich
vor Johanna aufbaute und nach ihrer Hand griff. »Nur
ein einziges Mal, Johanna.«

Als er ihren Namen aussprach, wurde ihr seltsam
zumute, und tief in ihrem Innern erwachte der
Wunsch, Angelo zu helfen.

»Nur für einen einzigen Weg«, beschwor Angelo
sie weiter und half ihr auf. »Und wenn du siehst, dass
dir mit mir nichts geschieht, dann erlaubst du es mir
morgen vielleicht noch einmal, und dann jeden Tag
ein bisschen mehr, ja?«

Johanna lächelte Angelo an und nickte zustimmend. Was konnte denn schon passieren? Sie ließ sich von dem Knaben fürsorglich an die Hand nehmen, und gemeinsam gingen sie den Weg zum Friedhofstor hinaus.

Der Autofahrer würde später, nachdem er sich von dem Schock erholt hatte, zu Protokoll geben, dass die alte Frau ganz plötzlich zwischen den parkenden Autos hervorgetreten war. Er hatte sie nicht kommen sehen, und obwohl er sogleich in die Bremsen gestiegen war, hatte er den Unfall nicht verhindern können.

Eine Zeugin würde hinzufügen, dass die Frau sich nicht einmal umgesehen hatte. Zielstrebig hatte sie die Fahrbahn betreten, so als wüsste sie genau, wo sie sich befände.

Und der Sanitäter, der den Leichensack über der alten Frau schloss, würde sich über das zynische Lächeln auf ihren schmalen Lippen wundern – als hätte sie das alles erwartet.

Am Straßenrand stand ein kleiner pausbäckiger Junge in einem Nachthemd, ohne von den Passanten wahrgenommen zu werden. Die Hände zu zornigen Fäusten geballt, mit Tränen in den Augen starrte er auf den Blutfleck auf dem Asphalt.

»Sapristi«, fluchte er leise. Wieso hatte sie ihn auch nie üben lassen?

Knockin' on heaven's door

Das Klopfen dringt zaghaft in die Welt und zerreißt die Stille, die hier alles ausfüllt und keine Luft zum Atmen lässt. Da kein Lebender je einen Fuß vor dieses Tor gesetzt hat, ist das auch nie ein Problem gewesen.

Als das Tor sich schließlich öffnet – der Duft von Schokolade, Sommerregen und Lavendel, das warme Licht von Sonnenuntergängen und das glucksende Lachen kleiner Kinder warten dahinter – und der Torwächter argwöhnisch durch den Spalt zwischen den beiden gewaltigen, goldenen Flügeln blinzelt, strahlt ihn der Junge von der anderen Seite an. »Hey«, begrüßt er ihn fröhlich. »Das hat aber verdammt lange gedauert! Ich warte schon eine Ewigkeit.« Damit macht er Anstalten, das Tor weit genug aufzustoßen, um hindurchschlüpfen zu können.

»Und wo«, der Torwächter streckt einen Arm aus und drückt die Hand gegen die Hühnerbrust des Jungen, »gedenkst du hinzugehen?« Er ist alt, beinahe ebenso alt wie dieses Tor. Seine fleckige Haut hat den Ton von Staub, die Falten haben sich um Mund und Augen tief in sein Gesicht gegraben, und sein Hals erinnert an einen verlassenen Steinbruch, in dem die Barthaare wie zähes Wildkraut wuchern. Es gibt wenig, was er vor diesem Tor noch nicht gesehen hat: Ein nackter Jüngling gehört nicht dazu, ein lebendiger, atmender hingegen schon. Einer, der noch lebt, verstößt gegen das Protokoll. So sollte es nicht sein.

»Na, rein.« In völliger Unschuld blinzelt der Junge. Wenn er spricht, klingt er älter, als das weiche, bartlose Gesicht, die schulterlangen dunklen Haare und der schlaksige, hochgeschossene Körper vermuten lassen. »Das dumme Tor ist irgendwie hinter mir zugefallen.«

»Dieses Tor fällt nicht 'irgendwie' zu.« Die Augen des Torwächters, dunkel und kühl wie Bachkiesel, starren den Jungen vorwurfsvoll an. »Niemand verlässt diesen Ort.«

»Ich wollte ihn ja auch gar nicht verlassen«, verteidigt sich der Junge. »Ich habe mir nur die Füße vertreten.« Vielsagend deutet er nach unten und wackelt mit den bloßen Zehen. »Ich hatte ganz vergessen, wie viel Spaß so ein Körper machen kann. He, kannst du das hier?« Begeistert reißt er den Mund auf, streckt die Zunge heraus und bemüht sich, damit die Nasenspitze zu berühren. »Niff einfaff«, nuschelt er.

Der Torwächter schnauft verächtlich, und die Zunge des Jungen schnellt wieder zurück in den Mund. »Du hast dir also die Füße vertreten«, wiederholt er ernst. Obwohl er einen halben Kopf kleiner als der Junge ist, gelingt ihm dabei das Kunststück, auf ihn herabzublicken. »Und wer bist du?«

»Wer ich...« Irritiert kratzt sich der Junge am Kopf. »Normalerweise muss ich solche Fragen nicht beantworten, weißt du? Eigentlich sind es immer die anderen, die mir einen Namen geben. Aber wenn du willst«, der Junge ringt mit sich, »kannst du mich Jesus nennen.« Er rümpft die Nase. »Obwohl mir der

Name beim letzten Mal nicht nur Glück gebracht hat.«

»Jesus«, wiederholt der Torwächter steif. Auf seiner Oberlippe zuckt die Andeutung eines Kräuselns. »Sohn Gottes, vermute ich.«

»Gott«, verbessert der Junge ihn. »Gott in Menschengestalt.« Er lächelt ihn wieder an. »Du machst dir keine Vorstellung davon, wie entspannend das ist, wieder ein Mensch zu sein und in so einem zerbrechlichen, unzulänglichen Körper zu stecken. Diese himmlische Unwissenheit! Diese Stille im Kopf! Da hat man endlich mal etwas Raum zum Denken!«

»Du willst Gott sein.« Der Torwächter erweckt nicht den Eindruck, dass ihn der theosophische Diskurs des Jungen sonderlich beeindruckt hat.

»Von wollen ist hier überhaupt nicht die Rede. Willst du etwa«, Jesus zögert und betrachtet den Torwächter nachdenklich von Kopf bis Fuß, »ein mürrischer alter Pförtner sein?« Der Torwächter zuckt zusammen, als hätte der Junge ihn geschlagen. »War nicht böse gemeint«, fügt Jesus rasch hinzu.

»Wenn du Gott bist«, fährt der Torwächter fort, »müsstest du allmächtig sein. Da brauchst du wohl kaum einen 'Pförtner'.« Er tritt zurück, und nur ein beherzter Schritt nach vorn sowie ein schmaler, nackter Fuß hindern das Tor am Zuschlagen.

»Nun sei nicht eingeschnappt«, versucht der Junge einzulenken. »Ich bin nicht Gott. Also, irgendwie schon. Halt nicht so richtig. Ich bin Mensch geworden. Du ahnst ja nicht, wie anstrengend das ist, dauernd alles zu wissen und alles zu können, alle zu verstehen und so weiter. Da bleibt nicht einmal Raum für eine eigene Meinung! Dauernd wollen alle was von einem – Vergebung hier, glühender Schwefelregen dort – und wenn man eins davon erledigt hat, beschwert sich ein anderer unter Garantie, und dann musst du alles rückgängig machen oder lässt es gleich alles bleiben, und das ist dann auch wieder verkehrt.« Jesus rümpft die Nase. »Das ist ein vollkommen bescheuertes Konzept mit dieser Allmacht und der Allliebe und dem Allwissen. Aber als Gott siehst du das gar nicht so richtig.« Er tippt sich gegen den Nasenflügel. »Da musst du schon ein Mensch für werden. Denn dann: Bäm! Plötzlich hast du eine Meinung. Und du weißt alles besser!« Er strahlt ihn an. »Das ist einfach unglaublich!«

»Du musst ein Mensch werden, um den Job Gottes anständig machen zu können«, fasst der Torwächter zusammen. Beinahe wirkt er belustigt, doch die steinerne Miene erschüttert nicht einmal der Hauch eines Lächelns.

»Irgendwie schon.« Jesus zuckt mit den Achseln. »Du kennst doch die Redensart, dass man erst eine Meile in den Stiefeln eines Mannes laufen muss, um ihn begreifen zu können? So ähnlich ist das auch bei mir.« Er lächelt bescheiden. »Aber weil ich Gott bin, genügen mir schon ein paar Schritte barfuß. Und wenn du mich jetzt wieder reinlässt, kann ich zum Üblichen zurückkehren.« So langsam werden seine Zehen kalt, von anderen Körperteilen ganz zu schweigen, und obwohl er noch gar nichts getrunken hat, könnte er schwören, dass er mal aufs Klo muss – bloß dass es hier keine Toilette gibt.

»Also bist du die Wiedergeburt von Jesus Christus.«

»Irgendwie schon«, erwidert Jesus zum dritten Mal, und dabei schleicht sich zum ersten Mal Ungeduld in seine Stimme. Warum müssen alte Männer immer alles so kompliziert machen? Schon beim letzten Mal hat er sich dauernd mit ihnen herumschlagen müssen, mit ihren Regeln, ihren Gesetzen und Vorschriften. Ein wahres Kreuz ist das mit denen gewesen!

»Wiedergeburt«, sagt der Torwächter und deutet mit dem Kinn in eine andere Richtung, »ist da vorne.«

Jesus macht den Fehler, sich umzudrehen – richtig, dort drüben führt ein verschlungener Pfad ins Nirgendwo, und wenn man zu lange hinsieht, hat man das Gefühl, ein gleißendes Licht zerfräße einem die Netzhaut von innen, bis nur noch brennende Punkte übrig sind – und das Tor schlägt mit lautem Krachen wenige Zentimeter vor seinen Zehen zu.

»He!« Empört beginnt er erneut zu klopfen. »Du kannst doch nicht Gott abweisen!« Die Sache mit dem freien Willen schießt ihm durch den Kopf, und er ergänzt hastig: »Also nicht so, meine ich!«

»Das ist nicht meine Entscheidung«, erklingt die Stimme des Torwächters dumpf von innen. »Du musst tot sein, um hier Einlass zu begehren. Du bist aber nicht tot. Ich mache hier nur meine *Arbeit*.«

Jesus runzelt die Stirn. »Kannst du nicht ein Auge zudrücken? Immerhin bin ich doch schon einmal gestorben. Für die Menschen, übrigens! Komm schon, mein Alter!«

Ein knirschendes Geräusch ertönt, und dann sieht sich Jesus wieder den dunklen Augen des Torwächters gegenüber – dieses Mal schauen sie ihn prüfend durch eine kleine Klappe im Tor an. Erleichtert atmet Jesus auf.

»Schon einmal?«, erkundigt sich der Torwächter. »Und erinnerst du dich an damals?«

»Ob ich mich erinnere? Ha, natürlich erinnere ich mich!« Großspurig breitet Jesus die Arme aus. »Ich bin Gott, da sind so Erinnerungen doch ein Klacks! Ob ich mich erinnere!« Er schüttelt grinsend den Kopf, während sein Blick sinnierend ins Leere geht. »Obwohl«, räumt er dann ein, »es eigentlich wenig gibt, was sich zu erinnern lohnt. Man hat mich geächtet, bespuckt und genagelt – nicht auf die freundliche Weise, du verstehst?«

Der Torwächter hebt die buschigen Brauen, und Jesus fühlt sich bemüßigt, ihm die wundlosen Handteller vor die Torklappe zu halten. »Das tat schweineweh, kannst du mir glauben«, versichert er eifrig. »Und die Jahre davor, da bin ich nur durch die Gegend gelaufen. Ich erinnere mich fast nur an den Geschmack von Staub und an Blasen an den Füßen.«

»Aber du warst in angenehmer Gesellschaft«, vermutet der Torwächter.

»Nee, ich war nur mit einem zusammengewürfelten Haufen Kerlen zusammen.« Jesus rümpft die Nase. »Fischer, jede Menge Fischer. Hattest du mal mit Fischern zu tun? Die reden dauernd über eins: Fisch. Gab auch fast immer Fisch zu essen. Und dann der Zolleintreiber, und so'n Typ, der alle Römer lynchen wollte. Ist nicht einfach, Frieden zu predigen, während einer von deinen Buddys die Messer wetzt, das kann ich dir sagen!« Er reibt sich das Kinn. »Einige von denen hatten nicht mal einen Beruf. Die waren Brüder oder Söhne. Ha!« Er lacht auf. »Kannst du dir vorstellen, wie das ist, mit einem durch die Gegend zu laufen, dessen einzige Leistung auf der Welt es ist, der Sohn von irgendwem zu sein?«

»Ich habe da so eine Ahnung«, brummt der Torwächter mit versteinerter Miene.

»Wie du siehst«, fasst Jesus zusammen, während er sich nonchalant mit einer Hand neben der Torklappe abstützt und die dunklen Locken mit der anderen Hand über seiner Schulter streicht, »hatte ich schon ein echt hartes Leben: unterwegs auf Schusters Rappen mit einer Bande von Losern, bis mich ausgerechnet die an den Eiern gepackt haben, die ich immer in Schutz genommen habe. Und vergiss die Fischer nicht!« Vertraulich senkt er die Stimme. »Also, mein Alter, was sagst du? Dieses Tor und ich, werden wir Freunde?«

Der Torwächter sieht ihn schweigend an. Das Lächeln auf Jesus' Lippen beginnt zu flackern, erstirbt. Der Torwächter sieht ihn schweigend an. Der Junge beginnt zu zittern, zieht verlegen die Hand vom Tor und bedeckt damit seine Blößen. Der Torwächter sieht ihn schweigend an. Jesus tritt von einem Fuß auf den anderen; seine Blase meldet sich so unaufdringlich wie eine Wespe, die um ein Stück Kirschkuchen rotiert. Der Torwächter sieht ihn schweigend an. Nie wäre eine Grille willkommener gewesen, deren Zirpen die absolute Stille zerschnitten hätte. In den Kieselsteinaugen des Torwächters liegt eine stumme Frage, die Jesus nicht enträtseln kann – er sieht nur sein eigenes Spiegelbild, verwirrt und rosig und unruhig.

»Bitte?«, versucht er es zaghaft.

Der Torwächter sieht ihn schweigend an – dann seufzt er tief. »Man weiß nie, was die Zeit bringt«, murmelt er halb zu sich selbst. »Vermutlich begehe ich damit einen großen Fehler.«

Es klappert, als der Torwächter mit einem großen Schlüsselbund hantiert, und Jesus' Herz hüpft vor Freude: Unsern täglichen Einlass gib uns heute, und erlöse uns von der Blase. »Keine Bange, mein Alter«, verspricht er euphorisch, »du machst keinen Fehler. Du kennst mich zwar nicht, aber du kannst mir ehrlich vertrauen.«

Der Torwächter verharrt blinzelnd. »Ich kenne dich nicht«, sagt er dunkel, und Jesus beschleicht das Gefühl, dass er irgendwas verpasst hat – vielleicht, weil der Torwächter ihm mit einem Mal einen vor Zorn und Enttäuschung triefenden Blick zuwirft und gleich darauf die Klappe mit Nachdruck zuschlägt, so dass es nur seinen außerordentlich jungen Muskeln in unteren Körperregionen zu verdanken ist, dass es kein feucht-stinkendes Malheur auf der Pforten-schwelle gibt.

»Hallo?« Zaghaft klopft er gegen das goldene Tor. »Du hast was vergessen. Ich stehe immer noch hier draußen.«

Schweigen erstickt das Echo seiner eigenen Worte, und kein Geräusch von toröffnungsverheißenden Schlüsseln ertönt.

»Wenn ich es nicht besser wüsste«, murmelt Jesus, »würde ich glauben, dass ich den alten Mann irgendwie beleidigt habe. Aber... oh.« Der Junge blinzelt. Er erinnert sich an einen anderen Mann, der ihn wütend ansieht – nur weil er ein kleines Nickerchen an Bord einer nach Fisch stinkenden Jolle gemacht hat, während ein klitzekleines Unwetter aufgezogen ist. Und weil er ihren letzten Fisch mit einem Haufen Bettler geteilt hat, die den Hunger von Fünftausend hatten. Und weil er drauf bestanden hat, nach Jerusalem zu reisen, auch wenn ihm alle und jeder dauernd einreden wollten, dass nur der Tod und die Syphilis in Jerusalem auf sie warten würden – was sich zumindest in Teilen als richtig herausstellte, aber eben erst hinterher.

»Oh-oh.« Der Junge wird blass um die Nase, und betreten beißt er sich auf die Unterlippe, als ihm klar wird, was er dem alten Mann alles erzählt hat. Und was nicht. Wieder klopft er gegen die Tür, dieses Mal mit der flachen Hand.

»Hey, das war doch nur ein Scherz!«, ruft er flehend. »*Natürlich* kennst du mich! Und ich kenne dich auch. Wir sind doch alte Kumpel. Ich bin deinetwegen raus auf den See Dingsbums! Während es gestürmt hat! Weißt du noch?«

Kalte, verstockte Stille ist die einzige Antwort, auch als Jesus beginnt, verzweifelt gegen das Tor zu schlagen, bis seine Handfläche brennt und die Fingerknöchel schmerzen. »Mann!« Jesus schüttelt den pochenden Arm aus und schneidet eine Grimasse. »Zweitausend Jahre Dienst an der Pforte, und der Kerl ist ein oller Miesepeter geworden!« Störrisch starrt er das Tor an. »Pförtner ist doch nicht schlecht«, argumentiert er für sich selbst. »Pförtner ist sogar gut – ein Job mit Verantwortung. Als Papst hat man dauernd Recht, aber was bringt einem das schon? Als Türsteher lässt du die Idioten gar nicht erst rein.« Er erinnert sich daran, dass momentan er selbst wie der letzte Idiot vor der eigenen Tür steht, und kratzt sich hingebungsvoll den Hals. »Man muss natürlich die richtigen Idioten erkennen. Da braucht man einen Mann mit Erfahrung. Das ist wichtig! Ich wäre jedenfalls lieber Pförtner als Papst, da wollen einen auch viel weniger Leute umbringen.«

Vorsichtig hebt er den Blick und starrt hinauf zum oberen Rand des Tores, das keinerlei Anstalten macht, sich weit zu machen. Er bläst die Backen auf und lässt den Atem langsam entweichen. Ihm ist kalt. Seine Hand tut weh, seine Füße auch. Und seine Blase bringt ihn noch um, mit der Arglist von einem ganzen Konvent machtgeiler Kardinäle. Der Typ sollte ihm dankbar sein für den Job an der Pforte, jawohl!

Er sieht über seine Schulter, sucht im grellen Nichts der Ewigkeit nach einem stillen Örtchen. Ein krüppeliger Baum würde es ja auch tun.

Sein Blick bleibt am Beginn des verschlungenen Pfades der Wiedergeburt hängen. Eine Geburt, was ist das schon? Eigentlich ist das nicht schlimm: wie sterben, nur anders herum. Eine Kindheit unter dem

Stigma der untreuen Schlampe als Mutter, die Pubertät – heilige Scheiße, die Pubertät mit all den biochemischen Explosionen in Kopf und Sack und mit den giggelnden Mädchen –, der Start des ernsten Lebens... Er würde Socken in Gesundheitslatschen tragen, Fahrradhelm und Nasenpflaster, und niemand würde ihm glauben, dass er Gott war. Oder Gottes Sohn. Oder beides zusammen, was man als Mensch aber eh nicht raffen konnte.

Jesus kratzt sich gedankenverloren. Im Prinzip ist es dort also wie hier: nur dass er unten auf die Toilette gehen kann.

Ein letzter Blick auf das verheißungsvolle, stumme und verschlossene Tor – widerwillig wendet er sich ab. »Ich habe da ein ganz mieses Gefühl«, brummelt Jesus und begibt sich auf den steinigen Pfad der Wiedergeburt.

Am achten Tag

Sechs Tage lang schuf Gott die Erde mit ihren Meeren und Bergen, den Gestirnen, all ihren Pflanzen, Tieren und dem Menschen. Am siebten Tage ruhte er. Der Tag darauf war ein Montag.

»Ich hasse Montage«, knurrte Gabriel und goss sich Kaffee ein. »Das ist das Allerschlimmste, was Er je erschaffen hat.«

»Echt?« Uriel versuchte, den Kopf von der Tischplatte zu heben, und entschied sich für das kleinere Übel: das Heben ihrer Lider. »Und Adam und Eva?«

»Die!«, stöhnte Gabriel. Gottes Abschlussprojekt und dessen Kollateralschaden hatte er ganz verdrängt. Seit sie auf der Welt waren, machten diese Menschen nur Ärger und benahmen sich, als gehörte ihnen der ganze Bums! Und wer durfte hinter ihnen aufräumen? Genau. »Du hast Recht, Uriel: Die sind das Allerschlimmste, was Er je erschaffen hat!« Missmutig nippte er an seiner Tasse. Sie war ein Geschenk von Ihm und trug die Aufschrift: 'Vom Besten Chef Der Welt'. Gabriel hoffte, dass Gottes Grammatik sich noch verbessern würde; derzeit neigte Er dazu, alles ohne Rücksicht auf Verluste groß zu schreiben. »Ich frage mich immer noch, was Er sich dabei gedacht hat.«

»Nichts«, brummte Uriel. »Das ist ja das Problem.« Sie ließ die Lider müde wieder sinken und schmatzte schläfrig. »Ist ja aber zum Glück nicht mehr wichtig.«

»Hä?« Gabriel blinzelte verwirrt. »Wie, nicht

mehr wichtig?«

»Junge, wo warst du denn feiern, dass du das nicht mitbekommen hast?« Widerwillig richtete Uriel sich auf – sie wollte Gabriel vorwurfsvoll anstarren, und das funktionierte nicht, während sie wie erschlagen auf dem Küchentisch ihrer kleinen WG lag. »Sündenfall, Baby. Gott hat die zwei vor die Tür gesetzt.«

»Was? Wann?« Gabriel ließ sich auf einem Stuhl nieder, und während Uriel noch ihre nächsten Worte plante, lachte Gabriel verstehend auf. »Natürlich! Der Knopf, auf dem 'Nicht drücken!' stand!«

Nun war es an Uriel, Gabriel verständnislos anzustarren. »Was denn für ein Knopf?«

»Der Baum, Uriel, der Baum mit der verbotenen Frucht!« Gabriel lächelte mit Vaterstolz. »Der alte Schlawiner. Da nimmt Er sich einen Tag frei, und während Er ruht, erschafft Er so nebenbei die Sünde. Respekt!«

Uriel starrte ihn müde an und schnitt eine Grimasse. Knöpfe, Bäume, so ein Unsinn! Und Gott hatte die Sünde nicht erschaffen, die war Ihm einfach so passiert, so wie das Schnabeltier oder die Ananas. Und wenn nicht, war ihr das auch egal. »Wie auch immer«, murmelte sie. »Jetzt sind die beiden draußen, und wir sind sie los.«

»Großartig.« Gabriel lächelte zufrieden. »Das ist die beste Nachricht des Tages!«

»Junge, du musst aufhören, immer in Superlativen zu denken«, stöhnte Uriel. »Ist noch Kaffee da?«

Gabriel schob Uriel großzügig seine eigene Tasse

hinüber. »Schade, dass ich nicht dabei war«, seufzte er, während sie dankbar das schwarze Labsal schlürfte. »Was ist denn genau passiert?«

Uriel unterdrückte einen Fluch. Warum hatte sie nicht ihre Klappe gehalten? Jetzt würde Gabriel keine Ruhe geben, bis sie ihm die ganze Geschichte von Adam und Eva erzählt hatte. »Kurzfassung«, sagte sie finster und stellte den Kaffee ab. »Die beiden stehen am Baum, Eva hält ihm die Frucht hin, er so 'iss doch selbst', sie so: 'nee, erst du', er mampft, sie mampft. Er so: 'Oh, Titten', sie so: 'iiih, du bist nackt', er so: 'ficken?', sie so: 'Wüstling! Aber okay.'. Die beiden legen los, Gott taucht auf und ist mächtig von ihnen enttäuscht, auch menschlich. Und dann hat Er sie aus dem Paradies gejagt, ihn zum Buddeln in der Erde und sie...« Uriel verstummte irritierte, verzog das Gesicht und zuckte mit den Achseln. »Keine Ahnung, sie hat auch irgendeine Strafaufgabe bekommen. Kann ich jetzt meinen Kaffee trinken?«

»Hm.« Gabriel runzelte die Stirn, und Uriel stöhnte verärgert auf.

»Bitte mach nicht 'hm'! Das ist kein gutes Zeichen, Junge!«

»Nein, das ist auch kein gutes Zeichen«, gab Gabriel zu und schüttelte langsam den Kopf. »Wenn ich genauer darüber nachdenke – na, du kennst Ihn doch! Morgen hat Er die Angelegenheit sicher wieder vergessen! Und wenn sie dann angekrochen kommen, lässt Er sie stante pede wieder rein.«

»Und?« Uriel zuckte mit den Achseln. »So ein Paradiestag dauert viel länger als einer in der Welt da draußen. Bis Er das vergessen hat, sind Adam und Eva Staub!«

»Wirklich.« Gabriel lehnte sich zurück und verschränkte die Arme vor der Brust. »Und da bist du dir ganz sicher.«

»Logo.« Uriel befeuchtete sich langsam die Lippen. Gabriel musste etwas entdeckt haben, was ihr entgangen war. Also noch mal von vorne. Gott erschuf die Welt, mittendrin das Paradies auf Erden, in denen Lamm neben Löwe lag und Adam und Eva mit glockenhellem Lachen durch die Vegetation spazierten, bis sie es sich mit Ihm verscherzten. Er warf sie raus, und da sie als Engel für alles jenseits der Paradiesmauern nicht mehr zuständig war, war sie das Pack doch los! Eigentlich hatte sie Adam und Eva ganz niedlich gefunden, bis die auf den Trichter gekommen war, Flügel für die Engel vorzuschlagen – Flügel! Klang vielleicht sexy, aber auch nur, bis man das erste Mal das T-Shirt wechseln wollte, weil man etwa aus Versehen Kaffee draufgekleckert hatte. »Okay«, gestand Uriel schließlich. »Ich komm nicht drauf; erlös mich bitte.«

»Wie sprach Er noch bei ihrer Erschaffung? 'Und sie lebten glücklich und zufrieden bis ans Ende aller Tage'«, zitierte Gabriel mit ernster Miene.

»Scheiße.« Uriel ballte eine Faust und ließ sie auf den Tisch niederfahren, so heftig, dass die Kaffeetasse wackelte. »Er hat sie unsterblich gemacht?! Was hat Er sich dabei nur gedacht?«

Gabriel zuckte mit den Achseln. »Vermutlich nichts. Das ist ja das Problem.« Er erhob sich entschlossen. »Aber noch ist das Ende aller Tage nicht gekommen. Ich habe eine hervorragende Idee!« Gabriel ließ die Hände klatschend zusammenstoßen.

»Die weltbeste, möchte ich wetten«, knurrte Uriel und stand ebenfalls auf. »Wir gehen zu Ihm?«, vermutete sie, und Gabriel nickte.

»Es wird Zeit, dass Er noch etwas erschafft«, verkündete er dunkel, räusperte sich und rezitierte: »Und am achten Tage erschuf Gott den Tod.«

Uriel seufzte. »Junge, wenn ich ihn nicht selbst getrunken hätte, würde ich denken, da wäre was in deinem Kaffee gewesen.«

»Und Gott sah, dass es gut war!«, proklamierte Gabriel weiter und reckte den Besserwisserfinger in die Höhe.

»Ja, ja«, knurrte Uriel und macht eine scheuchende Bewegung. Mit etwas Glück erwischten sie Ihn noch vor dem Vormittagsschläfchen.

»Übrigens«, bemerkte Gabriel im Gehen, »du hast da einen Flecken auf dem T-Shirt.«

Wie eigentlich alles begann es mit einem Knall; dann begannen die winzigen Knochen sich zu bewegen. Seit Er den Yeti erschaffen hatte, war das Fell aus – schon bei Adam und Eva hatte Er improvisieren müssen. Dieses Mal hatte Er sich von Gabriel und Uriel davon überzeugen lassen, sich auf das Wichtigste zu konzentrieren. Die beiden schienen begierig, diese Schöpfung rasch hinter sich zu bringen, statt auf die Lieferung von neuem Fell durch den Paketdienst zu warten, den Er noch gar nicht erschaffen hatte. Und weil Er gnädig und gut und noch nie besonders erfolgreich im Abschlagen von Wünschen gewesen war, tat Er den beiden den Gefallen.

Das Licht der Sonne glänzte seidenmatt auf dem elfenbeinfarbenen Schädel des kleinen Skeletts, als es sich langsam unter den stolzen und wohlwollenden Blicken der Umstehenden aufrichtete. »WO BIN ICH?«

Die meisten mussten lachen; nur Gabriel räusperte sich streng. »Es gehört sich nicht zu brüllen«, mahnte er und wackelte mit dem Besserwisserfinger.

»ABER...« Das kleine Skelett räusperte sich und fuhr fort: »Entschuldigung. Ich bin ein bisschen aufgeregt.«

»Das ist normal.« Uriel zwinkerte versöhnlich. »Das ist immerhin dein erster Tag. Da waren wir alle nervös.« Sie öffnete die Arme. »Herzlich willkommen im Paradies.«

»Ähm – danke?« Das Skelett betrachtete die schwebenden Knöchelchen seiner Hand, die weder von Muskel noch Sehne noch Haut zusammengehalten wurden. »Wie funktioniert das?«, fragte es neugierig.

Uriel warf Gabriel einen vorwurfsvollen Blick zu. »Vergiss die Logik, hast du gesagt«, raunte sie aus dem Mundwinkel. »Vergiss die Biologie, hast du gesagt. Du bist doch Gott, hast du gesagt!«

»Na, und hat es funktioniert, oder hat es funktioniert?«, gab Gabriel brummend zurück, während er nervös zum Schöpfer blinzelte: Er hasste es, auf Seine Fehler aufmerksam gemacht zu werden! Zum

Glück war Er schon wieder mit anderen Dingen beschäftigt. Die Allmacht eines Gottes, die Aufmerksamkeitsspanne eines nervösen Eichhörnchens auf Speed – Gabriel hätte sich ja gefragt, was Gott sich bei Seiner eigenen Schöpfung nur gedacht hatte, aber er kannte die Antwort, denn das war ja das Problem.

»Ach, vergiss doch diese Petitessen«, erklärte Uriel dem kleinen Skelett derweil im Brustton der Überzeugung und mit dem herzlichsten Lächeln, das sie beherrschte. »Jetzt führe ich dich erst mal herum, und dann erkläre ich dir alles bei einem schönen Stück Kuchen.«

Das Skelett blickte seinen Körper hinab, wo Sonnenstrahlen durch die Rippen seines Brustkorbs fielen. »Danke«, sagte es höflich. »Ich habe keinen Hunger.«

»Umso besser«, strahlte Uriel. »Wir haben auch gar keine Zeit für sowas, du hast einen ziemlich engen Terminplan.«

»Terminplan?«, erkundigte sich das Skelett vorsichtig.

»Sei vorsichtig«, flüsterte Gabriel, »sonst erschafft Er noch das Burn-Out.«

»Ach, halt die Klappe«, brummte Uriel und griff unternehmungslustig nach dem Arm des Skeletts. »Du musst dir keine Sorgen machen«, erklärte sie an das Skelett gewandt. »Du hast nur eine einzige Aufgabe, und die ist eigentlich ziemlich einfach. Mancher behauptet, dazu bräuchte man nur einen Stein und genügend Wut. Aber ich dachte mir, wir besorgen dir etwas Eleganteres als Handwerksutensil, irgendwas Schnittiges.«

»Schnittiges?«, wiederholte das Skelett irritiert, und Uriel betrachtete es skeptisch. Vielleicht war es nicht gerade die klügste Entscheidung gewesen, sich in diesem Fall auf das Wesentliche zu konzentrieren. Das Kerlchen schien ihr nicht die hellste Kerze auf der Torte zu sein. Aber andererseits – je weniger Grips, desto weniger Gewissensbisse. Philosophische Grundsatzdiskussionen über Gerechtigkeit, Gnade oder ähnlichen Blödsinn sollten andere führen.

»Was habe ich denn überhaupt als Aufgabe?«, erkundigte sich das kleine Skelett klappernd, während es sich von Uriel führen ließ.

»Ach, nichts Schwieriges«, beruhigte Uriel es. »Du bist der Tod.«

»Tod?«

Uriel schloss die Augen. Einmal mit Profis arbeiten, wünschte sie sich inbrünstig, und gleich fühlte sie sich, als läge Sein Blick strafend auf ihr. Allwissenheit, erinnerte sie sich, und sie ahnte, dass sie ihre ketzerischen Gedanken bedauern würde.

»Ja, der Tod«, erläuterte sie hastig. »Deine Aufgabe ist es, für ein bisschen Platz auf der Erde zu sorgen, damit auch regelmäßig neue Dinge eine Chance haben. Nicht, dass es am Ende noch Probleme mit Überbevölkerung oder Ressourcenknappheit gibt.« Sie lachte gekünstelt, und das kleine Skelett erwiderte das Lachen höflich.

»Das klingt, als wäre es wirklich einfach«, sagte Tod freundlich. »Übrigens, du hast da einen Flecken auf dem T-Shirt.«

Wenn man das Paradies verließ, gab es nicht sonderlich viel zu entdecken, von der unendlichen Schöpfung eines ambitionierten Gottes einmal abgesehen. Exotische Ozeane und Urwälder, endlose Wüsten und fruchtbare Steppen warteten mit ihren Wundern darauf, von empfindsamen Menschen entdeckt und erforscht zu werden. Folgerichtig hatten Adam und Eva sich in Sichtweite der Paradiesmauern auf einem kargen Stück Land zwischen ein paar Felsen niedergelassen. Adam hatte ein Haus gebaut, während Eva ihm die Anleitung dazu vorlas, danach hatte Eva ihn zum Spielen aufs Feld geschickt und alles hübsch eingerichtet. Da Adam und Eva gerade erst ihre Teenagerzeit abgeschlossen hatten, bedeutet 'hübsch' in Evas Augen vor allem: schwarz und mit viel Chi-Chi. Adam, dem ein Fell auf dem Boden, ein Lagerfeuer in der Mitte und eine Apfelsinenkiste zum Sitzen genügt hätten, lobte sie pflichtschuldigst, um sich den Montagabend-Sex nicht zu verderben; immerhin gab es nur wenig interessante Alternativen, da die Montagsspiele der Bundesliga erst in einigen Jahrzehntausenden erfunden werden würden. Eva beschimpfte ihn wegen dieses Denkens als Sexisten, was Adam aber nicht sonderlich störte. Zum einen fehlten ihm die Vergleichsmöglichkeiten um herauszufinden, ob er sich anders lieber mögen würde, zum anderen steckte Sex in dem Wort, und das fand er dann je nach Situation witzig oder ziemlich gut.

Tod irritierten diese Gedanken, als er sie auf dem Weg zu Adams und Evas Behausung auffing und zum besseren Verständnis laut wiederholte. Uriel und Gabriel, die beiden netten Engel, die sich ihm als Fremdenführer angeboten hatten, wechselten daraufhin Blicke, und Gabriel sagte, es sei eigentlich grundsätzlich das Beste, sich bei diesen Dingen einfach nichts zu denken, und Uriel fügte hinzu, dass Er das auch so mache. Tod fand, dass das nicht richtig klang, aber er war noch sehr jung und wollte seinen Job nicht gleich damit beginnen, alles umzuwerfen. Deshalb hatte er auch die Eintagsfliegen, mit denen sie begonnen hatten, brav alle getötet, obwohl er tief in seinem Innern fand, dass so ein Name nicht über das Schicksal eines Lebens entscheiden sollte. Manche würden vielleicht einmal Gisela heißen – dennoch sagte das ja nichts über ihren Charakter aus.

»Sie erwarten mich nicht.« Tod blieb so abrupt stehen, dass Uriel und Gabriel bereits ein Stück wietergegangen waren, ehe ihnen auffiel, dass das kleine Skelett nicht mehr zwischen ihnen ging.

»Natürlich erwarten sie dich nicht«, erwiderte Gabriel irritiert. »Sie sind die einzigen Menschen auf der Welt.«

»Zumindest soweit sie es wissen«, fügte Uriel hinzu, und Gabriel bewarf sie mit einem wütenden Blick. Uriel zuckte mit den Achseln. Jeder im Paradies wusste, dass Gott ein Faible für Updates hatte. Das neueste nannte Er Evolution. Mensch, würden Adam und Eva überrascht sein, wenn sie Lillith und der Gang begegneten!

»Aber wenn sie mich nicht erwarten«, beharrte Tod, »ist es unhöflich, einfach bei ihnen hereinzuplatzen.«

»Daran wirst du dich gewöhnen müssen«, gestand Uriel mitfühlend. »Das ist Teil des Jobs.«

Tod schwieg einen Moment lang nachdenklich. »Ich könnte mich hinter einem Vorhang verstecken und Überraschung brüllen«, schlug er vor.

»Nein, Brüllen ist unhöflich«, erinnerte Gabriel ihn streng und hob den Besserwisserfinger.

»Und wenn ich ihnen etwas Hübsches mitbringe?«, probierte Tod es nach einer weiteren kleinen Pause.

Uriel und Gabriel sahen einander an und zuckten mit den Achseln. »Das kann eigentlich nicht schaden«, sagte Uriel und blickte sich um. Da die beiden Doofen allerdings mitten in der Einöde gesiedelt hatten, gab es hier natürlich nicht einmal eine Tankstelle oder einen Supermarkt, um ein paar chinesische Schnittblumen zu organisieren. Alles, was sie sah, war ein lieblos gehacktes Feld, das zur Hälfte mit hohem Gras bedeckt war. Im Gras lag eine Sense mit zerbrochenem Stiel, und Uriel lächelte erfreut. »Vielleicht etwas Praktisches«, schlug sie Tod vor. »Da freut sich eigentlich jeder drüber.« Und das Problem mit dem zerbrochen Stiel, das bekam sie doch im Handumdrehen hin!

»Hauptsache, wir stehen uns hier nicht weiter die Beine in den Bauch«, ermahnte Gabriel die beiden, während Uriel bereits zum Feld eilte. Er war etwas nervös, denn wegen des Zeitunterschieds war jeder

Besuch der Welt außerhalb der Paradiesmauern mit einem gewissen Wagnis verbunden. Er hatte zwar jemanden gebeten, solange ein Auge auf Ihn zu haben, aber man konnte ja nie wissen, was Er so alles anstellte.

Tod sah an sich herab. »Unwahrscheinlich«, erwiderte er. »Ich habe gar keinen Bauch.«

Gabriel verengte die Augen und sah Tod ernst an. »Wenn du mit deinem Besuch bei Adam und Eva fertig bist, müssen wir beiden uns einmal über Metaphern unterhalten«, erklärte er.

»Bin schon wieder da!« Uriel kehrte zurück und reichte die Sense an Tod. Sie lag in seinen Handknochen wie hineingegossen. Die Klinge glänzte selbst im trüben Licht, das im Vergleich zum ewigen Sonnenschein im Paradies hier draußen herrschte. Uriel hatte ein kleines Schleifchen um den reparierten Stiel gewickelt, denn immerhin sollte die Sense ja ein Geschenk werden.

»Danke sehr«, sagte Tod höflich und ging auf die kleine Behausung zu. Als er merkte, dass Gabriel und Uriel ihm nicht mehr folgten, drehte er sich zu ihnen um und starrte sie auffordernd aus hohlen Augenlöchern an.

»Geh ruhig«, rief Uriel ihm lachelnd zu. »Wir warten hier auf dich.«

»Ja, wir wollen sie doch nicht zu dritt überfallen«, ergänzte Gabriel mit einem gekünstelten Lachen. Beim Gedanken, Adam und Eva jetzt schon wiederzusehen, lief es ihm kalt den Rücken hinunter. Das war wirklich das Allerletzte, was er an einem Montag gebrauchen konnte!

Tod verharrte einen Augenblick, dann setzte er seinen Weg fort und ließ die Engel zurück. Eigentlich war es ihm ganz recht, die beiden nicht ständig mitschleifen zu müssen. Sie dachten furchtbar laut und furchtbar verwirrende Dinge. Irgendwie zog er es vor, allein zu sein.

Die Behausung von Adam und Eva hatte nur eine einzige Tür, vor der eine Fußmatte lag. Jemand hatte »Bitte nicht treten!« darauf gestickt, und Tod grinste bei diesem Anblick. Allerdings grinste Tod ständig, so dass das nicht wirklich als humoristische Reaktion zählte. Vorsichtig hob er die Hand und klopfte mit den Fingerknöcheln an. Die Tür schwang auf. Tod schüttelte den Kopf. Besonders vorsichtig waren diese Menschen nicht.

Als Tod in die Behausung trat, sahen ihm zwei erstaunte Teenager entgegen, die gerade vor einem Kamin saßen und Mäusespeck über den Flammen rösteten. Tod hätte sie gern darauf hingewiesen, wie schlecht das für ihre Zähne war, aber er war zu sehr damit beschäftigt, die Einrichtung zu bewundern.

Er sah einen schwarzen Vorhang, hinter dem die Schlafkoje mit den schwarzen Kissen und schwarzen Decken versteckt war, und auf dem dunklen Laminat einen schwarzen Teppich, auf dem schwarze Möbel standen. Wo immer ein Eckchen frei geblieben war, hatte jemand schwarze Deckchen verteilt, auf denen schwarze Vasen mit Gänseblümchen drin standen. Ein paar hübsche Steine, in denen schwarzes Quarz glänzte, lagen auf dem Kaminsims, über dem ein schwarzes Fell an der Wand hing. Auch Adam und Eva blieben dem Farbkonzept ihrer Einrichtung treu. Er trug ein schwarzes T-Shirt, auf dem 'Bier formte diesen wunderbaren Körper' stand, sie ein T-Shirt-kleid in schwarz, auf dem mit Glitzersteinen ein Einhorn aus Knochen gestickt worden war. Tod fühlte sich heimelig.

»Hallo«, sagte Tod. »Ich wollte mich nur kurz vorstellen. Ich bin ...«

»Nackt!«, kreischte Eva entsetzt, während Adam nur debil grinste und in seinen Mäusespeck biss. »Du bist nackt!« Kreischend griff Eva nach dem erstbesten Stück Tuch, das sie packen konnte, um es sich genant vors Gesicht zu ziehen. Das erstbeste Stück war ein Platzdeckchen, und es klirrte laut, als die Vase darauf zu Boden fiel, in Scherben zerbrach und den Fuß-boden mit Wasser und Gänseblümchen flutete.

Tod blickte an sich herab, auf die formschöne Anordnung seiner Rippen, Becken und Gebeine. »Nackt?« Klappernd zuckte Tod mit den Achseln. »Würde ich so jetzt nicht sagen.«

»Du hast nichts an!«, brüllte Eva. »Also bist du nackt! Wüstling!«

Wieder blickte Tod an sich herab. Er konnte nichts erkennen, was wüst an ihm gewesen wäre.

Seufzend kämpfte sich Adam von seinem Hocker hoch. Er hatte Zucker am Mundwinkel kleben, der gut zu seiner blühenden Akne passte, schien sich aber von Evas Kreischen nicht weiter stören zu lassen. Routiniert griff er nach der Tischdecke und schlurfte hinüber zu Tod. »Keine Panik«, sagte er kauend. »Das haben wir gleich.« Mit Schwung warf er das Tischtuch über Tod in die Höhe, so dass es sacht heruntersegelte und sich wie ein Umgang über Tods Schädel und Schulterknochen legte.

»Schwarz?«, erklang Tods Stimme dumpf durch den Stoff des Tischtuchs, während Evas Kreischen abrupt verstummte.

»Macht schlank«, erklärte Adam grinsend.

»Macht schlank?«, entfuhr es Eva, und sie stemmte empört die Hände in die Seiten ihres schwarzen Kleides. »Willst du etwa sagen, ich bin dick?«

»Man hört, was man hören will«, brummte Adam und hielt Tod seine Hand hin. »Willkommen in der Hölle, Kumpel.«

Es dämmerte, und Uriel wurde langsam kalt, obwohl sie bereits ihre Arme um ihren Oberkörper geschlungen hatte und nervös auf und ab sprang. »Warum dauert das so lange?«, fragte sie ungeduldig. »Er muss sie doch nur erledigen, solange Gott die beiden Torfnasen nicht vermisst!«

»Vielleicht hat er Mitleid bekommen«, mutmaßte Gabriel, der es sich auf einem Stein gemütlich gemacht hatte und ununterbrochen zur Behausung starrte, als bekäme er es bezahlt.

»Bitte! Der Typ ist dumm wie Brot!«, empörte sich Uriel.

»So dumm kann Brot gar nicht sein«, entgegnete Gabriel abwesend. »Es kann immerhin schimmeln.«

»Er nun wieder.« Uriel rümpfte die Nase. »Sag

mir mal lieber, was die drei da drin so treiben.« Sie zögerte. »Außer, sie treiben es. Dann will ich das gar nicht wissen.«

Gabriel warf ihr einen tadelnden Blick zu. »Für einen Engel bist du ziemlich versaut, weißt du das?«

Sie zuckte mit den Achseln. »Er ermahnt uns immer, unsere Fähigkeiten und Interessen zu erweitern, und wenn ich das dann mache, ist es dem Herrn auch wieder nicht recht. Also nicht 'dem Herrn', sondern dir«, korrigierte sie sich selbst, und Gabriel winkte schnaubend ab, schloss die Augen und weitete seinen Geist, bis er Adams und Evas Behausung erreichte.

»Kannst du sie sehen?«, drängelte Uriel, als Gabriel die Stirn zu runzeln begann.

»Schon«, sagte er langsam. »Aber das glaubst du mir nie.«

»Sie treiben es doch.«

»Nein!« Verärgert öffnete Gabriel die Augen. »Sie pokern.«

»Bitte?« Uriel blinzelte irritiert.

»Pokern! Dieses Kartenspiel.«

»Ich weiß, was Pokern ist«, erwiderte Uriel schmollend. »Aber warum spielen sie es?«

»Ich glaube«, sagte Gabriel langsam, »es geht um das Haus. Tod gefällt es, und er möchte es gern gewinnen. Die Sense und Adam hat er schon – allerdings versucht er, Adam wieder loszuwerden; der Typ ist wohl ein ziemlicher Sexist und Tod unangenehm.«

»Das erklärt, warum Sexismus nicht ausstirbt«, brummte Uriel abwesend, während sie hinüber zu

143

der kleinen Behausung starrte. »Das gefällt ihm?«, erkundigte sie sich zweifelnd. »Aber das Ding ist grottenhässlich!«

»Des Menschen Wille ist sein Himmelreich«, zitierte Gabriel.

»Tod ist kein Mensch«, erinnerte ihn Uriel.

»Des Todes Wille ist sein Himmelreich?«, versuchte es Gabriel, und Uriel verdrehte stöhnend die Augen. »Das kann jedenfalls noch dauern«, erklärte Gabriel und erhob sich ächzend. »Tod hat ein ziemliches Pokerface, und Eva schummelt, um Adam nicht wieder an der Backe zu haben. Wenn ich ihren Geist richtig gelesen habe, findet sie allerdings Tod ziemlich heiß.«

»Widerlich. Der ist doch noch ein halbes Kind«, bemerkte Uriel.

»Wenn sie älter ist als er, sollen Ehen ja länger halten«, behauptete Gabriel. »Statistisch gesehen jedenfalls.«

»Und wenn deine Worte schlauer wären, würde ich dir zuhören«, sagte Uriel und legte den Kopf schief, als sie bemerkte, dass Gabriel sich um Gehen wandte. »Wo willst du hin?«

»Nach Hause.« Gabriel zuckte mit den Achseln. »Jemand muss auf Ihn Acht geben, nicht wahr? Und hier können wir sowieso nichts ausrichten.«

»Aber wir wollten doch darauf warten, dass er sie abmurkst!«, protestierte Uriel enttäuscht.

Gabriel schnalzte missbilligend mit der Zunge. »Versaut und blutrünstig. Uriel, das wird noch einmal übel mit dir enden.«

»Pah«, machte Uriel und schob schmollend die Unterlippe vor. »Nie gönnst du mir etwas.«

»Ich mache mir halt Sorgen.« Achselzuckend setzte Gabriel sich in Bewegung, und Uriel folgte ihm seufzend nach einem letzten Blick zurück zu Adams und Evas Behausung.

»Du hättest jemanden fragen sollen, ob er für dich ein Auge auf Ihn wirft«, sagte sie.

»Habe ich doch.« Gabriel sah sie an, als hätte sie ihm vorgeschlagen, den Kopf doch einmal auf den Schultern statt zwischen den Beinen zu tragen. »Luzifer passt auf Ihn auf.«

»Na, dann haben wir doch noch ewig Zeit«, maulte Uriel und trat kleine Steinchen.

Gabriel seufzte schwer. »Du musst auch mal lernen, selbst die Verantwortung zu übernehmen«, tadelte er sie. »Und da ist immer noch ein Flecken...«

»Ach, hör schon auf«, unterbrach Uriel ihn. Und Gabriel hörte auf sie.

Am achten Tage schuf Gott den Tod und sandte ihn unter die Menschen. Und Er sah, dass es gut war.

Mord und Tod

Z.A.G.A.

Das *Zentrale Amt Gegen Arbeitslosigkeit* ist keine besonders große Abteilung. Sie besteht nur aus vier Räumen und einem kleinen Flur in der fünften Etage eines hässlichen Hochhauses, in dem fast alle Ämter der Verwaltung untergebracht sind. Die Mitarbeiter kennen einander nur flüchtig, und die einzigen Personen, die ständig anwesend sind, sind die Sekretärin und der Abteilungsleiter.

In der Zeitung wird man kaum etwas über die Methoden dieser Abteilung lesen können. Dafür aber stehen immer die neuesten Statistiken im Wirtschaftsteil, und im politischen wird die kompetente Arbeit gelobt. Niemand kümmert sich darum, auf welche Art die Abteilung so effektiv arbeiten kann. Man ist einfach zufrieden damit, dass sie es ist.

Wenn man im fünften Stock des Verwaltungsgebäudes aus dem Aufzug steigt, steht man vor einem langen Flur, an dessen Ende neben einer Wand aus Glasbausteinen ein kleines Messingschild angebracht ist, auf dem nichts weiter zu lesen steht als:

Z.A.G.A. - Zentrales Amt gegen Arbeitslosigkeit

Die Ziffern auf meiner Armbanduhr zeigten halb zehn, doch obwohl wir erst April hatten, war es immer noch etwas hell. Das Wetter war genauso beschissen wie in den letzten zwei Wochen. Ständig regnete es, und wenn keine Tropfen wie Handgranaten vom grauen Himmel fielen, wehte der Wind die feinen Tropfen von den Bäumen, die den Weg säumten.

Ich schlug den Kragen meines Mantels hoch und vergrub die Hände tief in den Taschen. Es würde nicht mehr lange dauern, bis der Bus kam, und am Bahnhof wartete Henrik mit dem Wagen. Morgen früh würde ich in meinem Bett in meiner Wohnung aufwachen, vier endlose Stunden Autobahnfahrt von hier entfernt. Ich würde pünktlich um halb sieben aufstehen, obwohl mir die Anstrengungen dieser Nacht noch in den Knochen stecken würden. Ich würde gemütlich frühstücken, die Füße weit von mir gestreckt, das Radio auf voller Lautstärke, vor mir frischen Kaffee und die Morgenzeitung. Und noch bevor ich um viertel nach sieben in meine U-Bahn steigen würde, würde der Radiomoderator vielleicht schon über das jüngste Opfer der geheimnisvollen Mordserie berichten, die seit fast fünf Jahren das Land heimsuchte. Wieder würde es keine Spuren geben, keine Zeugen. Und kein Motiv, wie so oft.

Der Bus war beinahe pünktlich. Als ich einstieg, schlug mir stickige Wärme entgegen, obwohl der Bus fast leer war. Der Regen hatte auch hier seine Spuren hinterlassen: Pfützen auf dem Boden und den unverwechselbaren Gestank von nassen Menschen.

Ich wählte den Platz gleich hinter dem Fahrer, weil im hinteren Bereich gerade zwei Jugendliche damit beschäftigt waren, ihre Initialen in den Sitzen zu hinterlassen. Sie waren mein Interesse nicht wert. Vermutlich gingen sie noch zur Schule.

Noch vor ein paar Jahren hätten sie in eine düstere Zukunft geblickt: keine Ausbildung, keine Arbeit, kein Geld. Vielleicht wäre eine der rechtsradikalen Gruppierungen auf sie aufmerksam geworden, und auch sie wären durch die Straßen gerannt, hätten Naziparolen gejohlt, Molotow-cocktails auf Asylbewerberheime geschleudert und den Großteil der Nation in einen Rausch der Entrüstung und der geschüttelten Häupter gestürzt. Doch jetzt hatten es die Nazis schwer, Nachwuchs zu bekommen, den sie nicht selbst von Kindesbeinen an gezüchtet hatten. Es hatte zwar eine Weile gedauert, aber mittlerweile fruchteten die Programme der Regierung gegen die Arbeitslosigkeit. Und es erfüllte mich mit Stolz und stiller Zufriedenheit, dass auch ich Teil dieser erfolgreichen Programme war.

Henrik wartete bereits am Kiosk neben dem Eingang des Bahnhofs auf mich. Es erstaunte mich immer wieder, wie sehr ein paar Kleidungsstücke einen Menschen verändern konnten. Als ich Henrik das erste Mal begegnet war, hatte er eine Lederjacke getragen und verwaschene Jeans, auf einem Kaugummi gekaut und gelangweilt an einer Taxe gelehnt. Er hatte ausgesehen wie – naja, wie ein Taxifahrer eben. Sogar das geschäftige Grinsen, als er mich erblickte, passte ins Bild.

In seinem jetzigen Aufzug hatte Henrik nichts mehr mit dem Taxifahrer von damals gemein. Der graue Anzug war maßgeschneidert, der helle Staub-mantel und der Aktenkoffer taten ein Übriges. Jeder hätte ihn für einen Bankier gehalten, einen Geschäftsmann oder etwas ähnlich Erfolgreiches; ganz bestimmt nicht für einen Beamten für Öffent-lichkeitsarbeit.

Ich nickte ihm knapp zu, und Henrik zahlte die Abendzeitung, klemmte sie sich unter den Arm und kam auf mich zu.

»Guten Abend, Jenny.« Er gab mir die Hand. »Pünktlich wie immer.«

Ich zuckte mit den Schultern. Ich erledigte meine Aufträge immer zuverlässig und schnell, so dass ich es nicht für nötig hielt, mich für das zu bedanken, was beinahe wie ein Kompliment geklungen hatte.

Weil es nichts zu bereden gab - jedenfalls nichts, was Henrik und ich zwischen all den Passanten beredet hätten - ging Henrik mit raschen Schritten über den Bahnhofsvorplatz, und ich folgte ihm zu dem silbermetallic Mercedes, der dort auf uns wartete. Nachdem er die Alarmanlage mit der Fernbedienung ausgeschaltet hatte, öffnete Henrik die Hintertür und warf Aktenkoffer und Mantel achtlos auf die Rückbank. Es wunderte mich nicht, dass er das Auto gesichert hatte, obwohl er es die ganze Zeit über im Blickfeld gehabt haben musste. Selbst in der heutigen Zeit konnte man nicht vorsichtig genug sein.

Als Henrik schließlich einstieg, saß ich bereits angeschnallt auf dem Beifahrersitz.

»Ist alles klar gegangen?«, fragte er beiläufig, als er den Motor anließ, und warf mir einen flüchtigen Blick zu.

»Natürlich«, antwortete ich kühl. »Wie immer. Oder hattest du etwas anderes erwartet?«

Henrik antwortete nicht, sondern lenkte den Wagen vom Parkplatz und ordnete sich im Straßenverkehr ein. Ich öffnete meine Handtasche und holte meine Chipkarte hervor. Henrik hatte den Laptop auf der Rückbank deponiert, aber ich war gelenkig genug, um ihn mir ohne allzu gefährliche Verrenkungen angeln zu können.

Während ich meinen Code eingab und via Satellit die Bestätigung für die Erfüllung meines Auftrages an die Zentrale weitergab, störte mich Henrik nicht. Er riskierte nicht einmal einen neugierigen Blick über meine Schulter, sondern konzentrierte sich allein auf seine Aufgabe. Das ZAGA verlangte Zurückhaltung von seinen Angestellten.

Ich schloss den Laptop und stellte ihn auf den Boden zu meinen Füßen, gleich neben die Handtasche. Dann lehnte ich mich in meinem Sitz zurück und zog die Schuhe aus. Die Sohlen schmerzten von dem Marsch zur Haltestelle vier Straßen weiter, meine Knochen erinnerten mich vehement an das kalte und nasse Wetter, und ich hatte immer noch den Geruch des Busses in der Nase.

»Verdammtes Busfahren«, fluchte ich leise, aber Henrik hatte es dennoch gehört und schmunzelte. Kein Wunder, war es doch stets seine Aufgabe, nahe des bequemen Wagens auf mich zu warten. Da hatte er freilich keine Probleme mit dem miesen Wetter oder einem Busfahrer, der seinen Fahrplan nicht korrekt einhielt.

Der Regen wurde vom Fahrtwind gegen die Windschutzscheibe gepresst, und die Scheibenwischer gaben leise Geräusche von sich, als sie wie ein wild gewordenes Metronom von einer Seite zur anderen pendelten. Wir hatten die Autobahnauffahrt erreicht, und obwohl Henrik den Scheibenwischer auf die höchste Stufe gestellt hatte, musste er das Tempo drosseln, um außer ein paar Lichtfetzen und den reflektierenden Tropfen auf der Scheibe etwas zu erkennen.

Ich starrte aus dem Seitenfenster in die Dunkelheit. Die Klimaanlage war an, aber mich fror dennoch. Ich zog den Mantel enger um meine Schultern und war froh, dass ich ihn nicht ausgezogen und zu Henriks nach hinten gelegt hatte. Draußen flog das Leben vorbei, doch ich konnte nicht mehr als ein paar verschwommene Konturen erkennen, hin und wieder die Beleuchtung einer Raststätte oder die Lichter der anderen Autos.

Wie lange machte ich diesen Job eigentlich schon? Vier Jahre? Oder schon fünf?

Alles war mittlerweile zur Routine geworden. Ich bekam den Auftrag mit der Post, stets in einem großen gelben Umschlag. Darin steckten ein Formular, ein Foto und ein paar Informationen über das Ziel. Ich hatte zwei Tage Zeit, um eventuelle Bedenken geltend zu machen, aber bisher war mir das nicht passiert. Ich erledigte die letzte Recherche, teilte der Zentrale das Datum und den Ort mit und führte den Job durch. Henrik brachte mich hin und holte mich wieder ab. Am nächsten Morgen fuhr ich ins Büro, schrieb meinen Bericht, und damit war der Auftrag beendet und wurde zu den Akten gelegt.

Gewiss, zu Beginn waren da Bedenken gewesen und Gewissensbisse. Einen solchen Auftrag das erste Mal zu erledigen, ist eben nicht so, als ginge man kurz über die Straße, um mal eben eine Kleinigkeit zu besorgen. Ich fühlte mich ziemlich mies, schon während der Ausbildung, aber meine Lehrer erklärten mir, dass ich lediglich ein kleiner Teil der großen Maschinerie war; eine Art Ordnungsdienst, wenn ich es so sehen wollte. Und mit der Zeit wurde es auch einfacher. Die Alpträume hörten auf, und nach ein paar Monaten hatte ich die Härte und Gelassenheit, um es einmal richtig weit zu bringen.

Ich schreckte hoch, als der Wagen anhielt. Ich musste eingeschlafen sein. Draußen regnete es immer noch, und meine Armbanduhr sagte mir, dass es fast drei Uhr morgens war. Ich hatte den ganzen Weg verschlafen.

Meine Muskeln waren verspannt, und als ich mich von Henrik verabschiedet hatte und aus dem Auto stieg, fühlte ich mich, als habe ich auf einer Streckbank geschlafen.

Mein Wecker klingelte unbarmherzig und versuchte uneinsichtig, mich aus meinen Träumen zu reißen. Ich schlug noch im Halbschlaf nach ihm, erwischte allerdings nur das Wasserglas und musste den Morgen damit beginnen, die Scherben einzusammeln und die Splitter aufzusaugen. Als ich endlich in die Küche kam und Kaffeewasser aufsetzen konnte, hatte ich noch eine halbe Stunde, bis meine U–Bahn kam, und beschloss, etwas später als geplant ins Büro zu gehen. Es würde sich niemand darüber ärgern, solange bei Feierabend mein Bericht vorlag.

Mein Kater kratzte an der Terrassentür und verlangte heftig Einlass. Kaum dass ich die Tür einen Spalt weit geöffnet hatte, strich er mir laut maunzend um die Beine, und ich bückte mich und streichelte sein nasses Fell ausgiebig. Er stupste mich mit seiner feuchten Nase und schnurrte.

Wir frühstückten gemeinsam, er auf dem Küchenfußboden, ich am Tisch. In der Zeitung stand noch nichts über meinen letzten Auftrag, aber das war auch nicht zu erwarten gewesen. Wenn man ihn überhaupt schon gefunden hatte, konnte sein Tod nicht vor morgen von der Presse berücksichtigt werden. Die einzigen Todesfälle, die ich in den nationalen Nachrichten finden konnte, waren zwei Opfer eines Verkehrsunfalls und der Selbstmord einer Verwaltungsangestellten, die ohne einen Abschiedsbrief aus dem Fenster gesprungen war. Die Familie der Toten verbreitete die Theorie über ein Mordkomplott, aber die Polizei hatte eindeutig bewiesen, dass kein Fremdverschulden vorlag.

Nachdenklich legte ich die Zeitung auf den Küchentisch. Etwas an der Geschichte gefiel mir nicht. Natürlich gab es immer noch echte Morde aus Habgier, Eifersucht oder Hass, und ab und zu standen auch Selbstmorde in der Zeitung. Gerade in letzter Zeit hatte ich häufiger gelesen, dass jemand Schlaftabletten geschluckt hatte oder aus dem Fenster gesprungen war, und öfter als einmal war von Mitarbeitern der Verwaltung die Rede. Sollte es Schwierigkeiten im ZAGA geben, von denen ich nichts wusste? Einen Maulwurf oder einen vorwitzigen Reporter, der sich bei uns eingeschlichen hatte? Das alles war schon vorgekommen, und die Zentrale hatte jedes Mal Maßnahmen ergriffen.

»Ach was«, knurrte ich. Das war doch lächerlich! Weshalb sollten wir unsere eigenen Leute töten? Unsere Arbeit lief gut, und wer nicht an den Erfolg glaubte, musste nur einen Blick auf die Arbeitslosenzahlen werfen. Dann würde jeder Spötter schweigen.

Die Zeit drängte, und ich stand auf, streichelte noch einmal liebevoll den Kopf meines Katers und holte die Unterlagen über meinen letzten Auftrag aus dem Schlafzimmer, wo ich sie gestern Nacht achtlos abgelegt hatte. Ich war zu müde gewesen, noch irgendetwas vorzubereiten.

Schließlich zog ich meinen Mantel über, griff nach dem Regenschirm und machte mich auf den Weg zum Verwaltungsgebäude.

Ich trug denselben schlichten grauen Hosenanzug wie sonst auch, wenn ich ins Büro ging. Damit wollte ich es der Sekretärin einfacher machen, die in dem Raum hinter der Wand aus Glasbausteinen saß und die Abteilung am Leben hielt. Ich trug einen ähnlichen Anzug auch auf dem Foto, das auf meinen Ausweis geklebt war.

Sie sah sofort von ihrem Computerbildschirm auf, als ich die Tür öffnete. Ich hielt ihr meinen Ausweis unter die Nase, und sie nickte und meldete dem Abteilungsleiter, der zweiten Person, die ständig anwesend war, meine Ankunft. Das war reine Routine. Ich würde nicht mit ihm sprechen, bevor ich nicht meinen aktuellen Bericht abgegeben hatte.

Ich nickte der Frau noch einmal zu und ging in eines der beiden kleinen Büros, die sich an das Sekretariat anschlossen. Sie waren zweckmäßig eingerichtet und boten Platz für zwei Schreibtische. Ich traf allerdings nur selten auf einen meiner Kollegen. Die Zentrale sorgte dafür, dass nie zu viele Angestellte aus einer Stadt am selben Tag im Einsatz waren. Man vermied jede Ähnlichkeit sorgfältig.

Diesmal jedoch trat jemand aus der Tür, gerade als ich eintreten wollte, und wir wären beinahe zusammengestoßen. Ich kannte den Mann, wenn auch nicht sehr gut. Er hieß Albert und arbeitete in derselben Branche. Wir nickten einander höflich zu, als er sich an mir vorbeiquetschte. In seinen Händen hatte er einen Bericht und ein Foto, und mit einem flüchtigen Blick stellte ich fest, dass ich den Mann auf dem Foto kannte. Er hatte ebenfalls für das ZAGA gearbeitet, ein zuverlässiger Kollege. Es wunderte mich, dass er entlassen und auf die Liste gesetzt worden war. Aber vielleicht hatte er die Regeln verletzt, vielleicht mit einem Journalisten oder jemand anderem über seine Arbeit gesprochen. Das war streng verboten. Aber im Grunde ging es mich ja auch nichts an. Das ZAGA irrte nie, wenn es jemanden auf die Liste setzte.

Ich blickte Albert nach, der mit seinem Bericht zum Tresen der Sekretärin ging, und schloss die Tür des Büros hinter mir. Die Luft war stickig, obwohl die Klimaanlage surrte, und es roch nach Regen und Qualm. Albert musste geraucht haben, obwohl es hier verboten war.

Ich stellte meinen nassen Schirm in eine Ecke und hängte meinen Mantel auf den Kleiderhaken, bevor ich mich vor einen der Computer setzte und damit begann, meine zahlreichen Codes einzugeben. Schließlich erreichte ich meine eigene Datei und das vorgefertigte Formular für meinen Bericht.

Es war einer der einfacheren Aufträge gewesen. Die Zielperson war ein geschiedener Mann Ende vierzig gewesen. Seine Frau hatte ihn mitsamt den zwei Kindern verlassen, nachdem er vor etwa sechs Jahren seine Anstellung als Industriemechaniker verloren hatte. Sie arbeitete mittlerweile als Verpackerin in einer großen Firma, und der Sohn hatte eine Anstellung als Programmierer, während die Tochter bald ihr Studium beenden würde.

Der Mann hatte seit fast einem Jahr keinen Kontakt mehr mit seiner Familie. Stattdessen besuchte er regelmäßig die Kneipe an der Ecke. Seine Wohnung war nicht sehr gut gesichert gewesen. Ich hatte einen Zweitschlüssel, aber auch ohne den wäre es kein Problem gewesen, die Tür aufzubrechen. Ich setzte mich in sein Wohnzimmer, und während ich auf ihn wartete, betrachtete ich die verstaubten Ablagen, die vergilbten Fotos aus glücklicheren Tagen und den großen Stapel geöffneter Briefe neben dem Papierkorb. Es waren Absagen, die letzte trug das Datum von vor drei Wochen. Das ZAGA hatte ihn schon vor vier Monaten auf die Liste gesetzt, aber er war einer von den Fällen, bei denen noch eine winzige Chance bestand, dass sie ihren Kopf aus der

Schlinge ziehen konnten. Ihm war das nicht gelungen.

Als er das Licht anknipste und mich auf seinem Sofa sah, wirkte er nicht sehr überrascht, und als er tödlich getroffen zu Boden sank, lag beinahe ein Ausdruck der Erleichterung auf seinem Gesicht.

Ich las den Bericht sorgfältig durch und überprüfte ihn auf Rechtschreibfehler, bevor ich ihn durch den Drucker jagte. Ich lehnte mich auf meinem Stuhl zurück und beobachtete, wie das Papier weiß eingezogen wurde und übersät mit schwarzen Zeichen am anderen Ende wieder herauskam.

Es waren diese Aufträge, die mich darin bestätigt hatten, dass meine Arbeit gerechtfertigt war. Im Grunde erlöste ich sie von ihrer Nutzlosigkeit. Es war nicht wie in der NS-Zeit, ich entschied nicht darüber, ob ein Leben wert war, gelebt zu werden. Sie entschieden es selbst. Sobald sie aufgaben, um einen Sinn zu kämpfen, waren sie in dem Stadium, in dem sie sich gern selbst den Strick genommen hätten, sich aber nicht trauten. Und dann kam ich.

Wenige bettelten oder flehten um Gnade. Die meisten waren sich darüber bewusst, dass ich im Begriff war, ihnen genau diese zu geben.

Doch in letzter Zeit war es schlimmer geworden. Die meisten schöpften Hoffnung, wenn sie in den Nachrichten von den niedrigen Arbeitslosenzahlen hörten, und bewarben sich auf ein Neues. Mit der Absage erschien auch ich auf der Bildfläche. Nicht unbedingt sofort, aber eines Tages war ich da, saß in ihrer Wohnung und erwartete sie.

Ich zog das Papier aus dem Drucker und überflog

den Bericht ein letztes Mal, um sicher zu gehen, dass keine hässlichen Streifen meine makellose Bilanz verunreinigten. Erst dann legte ich ihn neben den Auftragsschein auf den Schreibtisch und nahm meinen Mantel vom Haken. Ich griff nach den Papieren, nahm meinen Regenschirm und verließ das Büro.

Die Sekretärin nahm meinen Bericht entgegen und holte einen der prall gefüllten Ordner für Personalfragen aus dem Regal. Es dauerte einen Moment, bis sie die paar Seiten gefunden hatte, die meine Arbeit in diesem Jahr belegten, und das Formular abheften konnte. Noch vor wenigen Monaten hätten diese Seiten nicht für die Arbeit eines Quartals ausgereicht, aber in letzter Zeit wurden die Aufträge immer seltener – ein Zeichen dafür, dass das ZAGA seine Arbeit gut erledigte.

Ich sah ihr zu und wartete geduldig darauf, dass sie fertig war und mich dem Abteilungsleiter meldete. Schließlich schlug sie den Ordner zu, stellte ihn zurück auf seinen Platz im Regal und wandte sich mir zu.

»Herr Richter ist momentan noch in einer Besprechung«, unterrichtete sie mich mit ihrer näselnden Stimme. »Wenn Sie bitte Platz nehmen und warten möchten.«

Verwunderte bedankte ich mich und ging zu einem der beiden Ledersessel, die neben der Tür zu Richters Büro standen. Ich konnte mir nicht vorstellen, mit wem er so lange etwas zu besprechen hatte. Mit Albert vielleicht? Die Besprechungen, die wir bisher geführt hatten, waren immer gleich verlaufen. Er lobte mich für meine Arbeit, fragte, ob ich irgendwelche Probleme gehabt hatte, und beantwortete meine Fragen, wenn ich denn welche hatte, bevor er mich mit einem letzte Hinweis auf das Buch »Mit dem Tod leben«, das er unter einem Pseudonym herausgebracht hatte, verabschiedete.

Richters Tür öffnete sich, und Albert kam heraus. Er wirkte sehr nervös und war kreidebleich, als habe er eine schlechte Nachricht erhalten. Weder bemerkte er mich, noch reagierte er auf das »Auf Wiedersehen« der Sekretärin, sondern stürmte grußlos aus dem Büro. Dabei galt er sonst eher als sehr höflicher und aufmerksamer Typ, ruhig, sachlich und zuverlässig. Achselzuckend blickte ich ihm nach, ehe ich in das Büro des Abteilungsleiters trat.

Es war ebenso klein wie die anderen Büros, aber hell und freundlich eingerichtet. Richter, ein älterer Mann mit dichtem grauen Haar und freundlichen blauen Augen, stand von seinem Stuhl auf, um mir zur Begrüßung die Hand zu geben. Er hatte sich kaum verändert seit meinem letzten Besuch vor drei Wochen, nur auf seiner Stirn zeigte sich eine kleine Sorgenfalte, die ich bisher noch nie bemerkt hatte.

»Setzen Sie sich, Jenny«, sagte er und deutete einladend auf den Sessel vor seinem Schreibtisch. Nachdem ich Platz genommen hatte, machte auch er es sich in seinem Stuhl bequem. »Wie lange arbeiten Sie schon für uns? Vier Jahre?«

»Etwas mehr als fünf Jahre«, berichtigte ich ihn, und Richter nickte bestätigend.

»Eine lange Zeit«, murmelte er, »eine lange Zeit.«

Ich wusste nicht, was ich darauf entgegnen sollte,

und so hielt ich den Mund und wartete darauf, dass er weitersprach.

»Sie haben immer gute Arbeit geleistet, schnell, kompetent, ohne je irgendwelche Schwierigkeiten gehabt zu haben.«

Ich nickte. Was hätte ich auch anderes tun sollen? Richters Stimmung gefiel mir nicht, aber ich wusste nichts, was ich dagegen hätte unternehmen können. Er schien etwas auf dem Herzen zu haben, sich aber nicht zu trauen, es auszusprechen. Stattdessen blätterte er verlegen in den Papieren, die auf seinem Schreibtisch lagen. Seltsam, es war mir bisher gar nicht aufgefallen, aber es war das erste Mal, dass ich einen mehr oder weniger dicken Schnellhefter auf der polierten Platte seines Tisches liegen sah. Sonst hatte dort nie etwas gelegen oder gestanden, von dem silbernen Fotorahmen, dem Telefon, den Utensilien und der Unterlage einmal abgesehen.

»Keine Schwierigkeiten«, wiederholte Richter und nickte. »Nie irgendwelche Skandale oder auch nur die kleinste Auffälligkeit.«

Verwundert runzelte ich die Stirn. Beinahe hatte es den Anschein, als suche Richter nach einem Makel in meinen Akten. Aber da würde er bei mir umsonst suchen. Ich hatte stets darauf geachtet, alle Richtlinien zu beachten. Nie hatte ich einen Strafzettel erhalten oder war als Schwarzfahrerin aufgefallen. Ich zahlte pünktlich meine Miete und hatte nichts zu tun mit Alkohol oder Drogen. Ich hatte von Kollegen gehört, die betrunken Auto gefahren oder beim Ladendiebstahl erwischt worden waren. Auch davon würde nichts in meiner Akte zu finden sein.

»Ich habe mich immer bemüht, meiner Stellung gerecht zu werden.« Diesen Kommentar konnte ich mir einfach nicht verkneifen. Ein wenig hatten mich Richters seltsamen Bemerkungen doch gekränkt.

»Oh, das sehe ich, das sehe ich«, beeilte sich mein Vorgesetzter zu sagen. »Sie waren immer eine ausgezeichnete Angestellte. Schon während der Ausbildung haben Sie hervorragende Leistungen erbracht, wie ich sehe.«

Jetzt war er schon in meiner Vergangenheit gelandet! Aber auch dort würde er erfolglos stöbern. Ich hatte nur eine kurze Bedenkzeit benötigt, um mich von den überfüllten Hörsälen zugunsten der Ausbildung beim Innenministerium zu verabschieden. Und diese hatte ich mit Auszeichnung absolviert. Auch in diversen Kursen wie dem Training mit der Waffe war ich stets eine der Besten gewesen.

Zu gern hätte ich mich erkundigt, was der Zweck dieser Besprechung war, doch Richter ließ mir keine Gelegenheit dazu.

»Sie haben nicht einmal die Hilfe eines Psychologen oder Therapeuten in Anspruch genommen.«

Wieder klangen Richters Worte recht enttäuscht, und ich wurde endgültig unruhig, weil ich keinen Sinn in diesen Worten entdecken konnte. Sollte es zu meinem Nachteil werden, dass ich stets selbst entschieden hatte, dass, was ich tat, richtig und moralisch vertretbar war? Sollte es mich zu Fall bringen, dass ich anders als viele Kollegen eine Beratung von fachlicher Seite stets abgelehnt hatte, weil ich mir nicht sicher war, ob die Psychologen wirklich an ihrer Schweigepflicht festhalten würden, wenn sie erst von meinem Beruf erfuhren? Von außen betrachtet war es ja in der Tat ein bisschen schwer verständlich.

»Ich hatte keinen Grund dazu«, antwortete ich kühl. »Und ich sehe auch jetzt noch keine Veranlassung dafür. Ich habe keine Probleme mit dem Einschlafen oder dem Appetit. Ich war schon immer gesund.«

Richter blickte mich an, und dieses Mal hatte ich definitiv den Eindruck, dass ich auf dem Prüfstand stand. Wenn ich nur gewusst hätte, weswegen man es für angebracht hielt, mich zu prüfen! Ich jedenfalls war mir keines Vergehens bewusst.

»Auf Sie kann man sich verlassen, Jenny«, sagte Richter schließlich und schob die Papiere von sich. Flüchtig konnte ich erkennen, dass mein Name darauf stand.

Richter stand auf, und auch ich erhob mich aus meinem Sessel. Der Abteilungsleiter reichte mir seine Hand. Sein Händedruck war schlaff und kraftlos, und nur sein schwerer goldener Ehering leistete einen gewissen Widerstand.

»Ich weiß, dass wir uns auf Sie verlassen können«, wiederholte Richter und zwinkerte mir zu.

»Selbstverständlich«, erwiderte ich leicht säuerlich. Trotz der vielen Komplimente fühlte ich mich etwas brüskiert, und auch Richters gewinnendes Lächeln konnte dieses Gefühl nicht verdrängen.

Der Mann schüttelte meine Hand mit etwas mehr

Nachdruck. Auf seinem Gesicht lag ein ernster, fast feierlicher Ausdruck.

»Ich wünsche Ihnen alles Gute, Jenny«, sagte er würdevoll. »Vielleicht sollten Sie einmal Urlaub machen. Sie haben es sich redlich verdient.«

Ich zuckte mit den Schultern und zog meine Hand zurück. »Vielleicht«, entgegnete ich und mühte mich um ein Lächeln zum Abschied.

Richter nickte lächelnd, und ich verabschiedete mich von ihm und verließ sein Büro. Als ich die Tür schloss, konnte ich sehen, dass der Abteilungsleiter in der Mitte seines Raumes stand und mir nachsah. Beinahe glaubte ich, so etwas wie Wehmut von seiner Miene abzulesen.

Das Klappern des Briefkastens verriet, dass der Briefträger gekommen war. Unter den Rechnungen war auch Post vom ZAGA.

Es wunderte mich schon ziemlich. Es war das erste Mal seit Beginn des Programms, dass ich innerhalb weniger Tage zwei Aufträge bekam. Das war nicht einmal geschehen, als ich noch regelmäßig alle zwei Wochen von Henrik zu einer neuen Dienstfahrt abgeholt worden war.

Es war auch das erste Mal, dass mir das Amt gleich zwei Umschläge schickte: einen großen gelben, so wie all die anderen, in denen man mir meine Aufträge gesandt hatte, und einen schmalen weißen. Er sah sehr formell aus, und ich beschloss, ihn zuerst zu öffnen.

Der Brief war recht kurz und kühl formuliert. Es

fehlte nicht am üblichen Lob über den großen Erfolg des Programms. Ich hätte ja gewiss schon den Nachrichten entnommen, dass die Quote nun weit unter einem Prozent lag. Es wären auch keine Schwankungen in den nächsten Jahren zu erwarten, und somit seien die Dienste des ZAGA nun nicht mehr von Nöten. Man bedaure zwar zutiefst, aber zum nächsten Ersten solle ich mich als entlassen betrachten. Meine Papiere würden mir zugesandt.

Zu behaupten, dass mich meine Kündigung überrascht hätte, wäre gelogen. Man war sogar noch recht großzügig und räumte mir beinahe drei Wochen ein. Ich kannte die generösen Abfindungen, und bis zum nächsten Monat würde ich gewiss einen neuen Job gefunden haben. Ich musste nur eine Auswahl auf der üppigen Palette an Angeboten treffen.

Ich erinnerte mich an den großen Umschlag. Eine Weile starrte ich ihn an wie das Kaninchen die Schlange. Die Nachrichten der letzten Wochen kehrten in mein Gedächtnis zurück, Alberts Gesicht, die fast feierlichen Worte Richters. Ich erinnerte mich an die radikalen Gegenmaßnahmen, die das ZAGA gegen Plappermäuler und Maulwürfe eingeleitet hatte, damit die Öffentlichkeit nie erfuhr, womit ihr Seelenfrieden erkauft worden war.

Das ZAGA war am Ende, wurde mir bewusst. Ich war nicht als einzige betroffen, allen anderen erging es ebenso. Im Vergleich mit anderen war das ZAGA nur eine kleine Abteilung, aber wenn all seine Angestellten auf einmal gingen, dürfte das hässliche Flecken auf der schönen Bilanz hinterlassen. Und es würden alle gehen müssen. Außer vielleicht Richter und der Sekretärin. Zumindest sie war allgemein einsatzfähig, nicht auf eine Sache spezialisiert. Ihr würde man einfach eine neue Abteilung zuteilen, in der sie Akten abheften und Telefonate führen würde.

Meine Hände zitterten ein wenig, als ich den Bogen auf meinen Schreibtisch legte, doch eigentlich war ich gefasst. Es war an der Zeit gewesen, dass dieser Auftrag zu mir kam. Bevor ich den nicht erledigt hatte, war meine Arbeit nicht vollendet.

Ich nickte stumpfsinnig, stand auf und holte mir ein Bier aus dem Kühlschrank. Es gab keinen Grund zur Eile, das Amt gab mir immer reichlich Zeit zur Vorbereitung. Ich war zuverlässig und loyal, also konnten sie sicher sein, dass ich auch diesen Auftrag zu ihrer Zufriedenheit erfüllen würde.

Ich würde mir einen Termin beim Notar besorgen müssen, und dann wollte ich noch zum Friseur und mir ein neues Kleid kaufen, eines in blutrot.

Meine Waffe liegt bereits in der Schublade neben mir. Ich habe mir das blutrote Kleid gekauft, und Henrik hat gesagt, es stehe mir phantastisch, bevor er gestern mit den anderen Gästen meiner Party gegangen ist. Ich habe mein langes Haar abschneiden lassen. Aus keinem besonderen Anlass, sondern eigentlich nur, weil ich das immer schon mal tun wollte.

Die meisten Unterlagen sind beim Notar in einem Schließfach, den Auftragsschein und meinen Bericht habe ich zur Zentrale gefaxt und anschließend durch den Reißwolf gejagt.

Ich verspüre keine Bitterkeit. Bitterkeit ist etwas für alte Leute, die in ihrem Leben nichts erreicht haben und ihren wenigen schönen Erinnerungen nachtrauern. Ich bereue es nicht, mein Studium zugunsten des ZAGA aufgegeben zu haben. Ich bereue nichts, denn ich habe mein Leben genossen. Auch wenn das klingt, als würde ich zu Melancholie neige, muss ich mir selbst eingestehen, dass ich es auch gar nicht anders verdient habe.

Ich nehme meine Waffe hervor und entsichere sie. Meine Mutter wird entsetzt über dieses Ende sein, aber ich erledige alle meine Aufträge mit der Waffe und sehe keinen Grund, mit dieser Tradition zu brechen. Meine Hände zittern ein wenig, aber ich denke, das ist ganz normal.

Während ich die Waffe an den Kopf führe und meine Blicke noch einmal durch meine kleine gemütliche Wohnung schweifen lasse, meinen Hort der Ruhe und des Friedens, hoffe ich, dass sich meine Eltern gut um meinen Kater kümmern werden. Das arme Tier kann ja nichts dafür.

Meine letzten Gedanken gelten ihm, aber mein Blick haftet auf etwas anderem: auf dem Foto, das ich vor wenigen Tagen aus dem Umschlag gezogen habe. Ich erinnere mich noch, wo ich es machen ließ: in einem kleinen Fotostudio, nicht weit vom Haus meiner Eltern entfernt.

»Für die Zukunft?« fragte der Fotograf, als ich mich in Positur setzte und mein spezielles Lächeln für Bewerbungsfotos aufsetzte.

»Für die Zukunft«, antwortete ich.
Und für was für eine!

Erledigt

Das Surren des Ventilators, ein gleichmäßiges Brummen, das einschläfernd gewirkt hätte, wenn sie allein in dem großen Raum gewesen wäre, mischte sich in den Straßenlärm, der unaufhaltsam durch das gekippte Fenster drang, von den lieblos weiß gestrichenen Wänden zurückprallte und von der immer schriller werdenden Stimme der Frau am Kopfende des Besprechungstisches übertönt wurde. »Seit Wochen steht dieser Punkt auf der Tagesordnung«, empörte sie sich, griff nach dem Wasserglas und benetzte ihren ausgetrockneten Mund mit einem lauwarmen Schluck. Stickige, staubige Luft zirkulierte über ihren Köpfen, die nach Schweiß und versagendem Deodorant roch. Jeder der Anwesenden wusste, dass sie log: Erst in der letzten Tagesordnung war das Thema aufgetaucht, so plötzlich wie ein Schatten. »Jetzt ist das wieder nicht erledigt! Da beginne ich doch langsam, an Kompetenzen zu zweifeln. Und zwar nicht an meiner!« Es gelang ihr noch gerade, ihre Stimme vom Überschlagen abzuhalten. Energisch setzte sie ihr Wasserglas ab und schüttelte den Kopf. Es schmeckte einfach ekelhaft: als hätte jemand die Flasche mit Spucke statt mit Mineralwasser abgefüllt.

Für einen Moment konzentrierte sie sich scheinbar auf die klare Flüssigkeit, wartete darauf, dass sich das Gefühl des Ekels in dumpfe, lauernde Befriedigung wandelte, doch stattdessen hörte sie nur einen Lkw, der draußen über die Straße heizte und die Fensterscheiben zum Klappern brachte. Der

Durst blieb, der kalte Klumpen im Magen blieb, die Befriedigung blieb aus. Sie leckte sich mit der Zunge über die unter dem Lipgloss spröde gewordenen Lippen, schob die Blätter zusammen, die vor ihr auf dem Tisch lagen, und klappte ihre Mappe zu. Ihre manikürten Nägel fuhren scharf über das Rindsleder. »Auf diese Art«, erklärte sie und richtete ihren Blick auf die drei Menschen, die rechts und links von ihr saßen und sich bemühten, sich professionell zu verhalten und nicht die Augen zu verdrehen oder zu laut zu schluchzen, »kommen wir jedenfalls nicht weiter. Ich habe genug andere Dinge zu tun, als meine Zeit zu vertrödeln.« Sie erhob sich, und auch die anderen begannen geschäftig zu tun. Sie kräuselte ihre Oberlippe, klemmte sich ihre Mappe unter den Arm und verließ grußlos das erhitzte Besprechungszimmer.

Es fühlte sich falsch an, schoss es ihr durch den Kopf, während sie im Stechschritt über das Linoleum marschierte. Rechts und links von ihr hingen die teuren Kunstdrucke zwischen furchtsam geschlossenen Türen, während über ihr billiges Neon in seinen Röhren flackerte. Zumindest heizte das Tageslicht hier nichts auf, weil die fensterlosen Flure die Sonne aussperrten. Es hätte ihr also besser gehen müssen, aber das tat es nicht. Nein, alles in ihr fühlte sich falsch an, obwohl sie doch ihr Schlimmstes gegeben hatte. Sie hatte getobt und geschimpft. Sie hatte Arbeitsergebnisse eingefordert, die noch in einem Monat verdammt früh gewesen wären, heute aber unmöglich. Sie hatte ungerechtfertigt kritisiert, und ihre Untergebenen hatten angemessen ergeben den

Blick gesenkt. Sie hatte mindestens ein gutes Projekt zerfetzt, das sie in ein, zwei Tagen als ihre eigene Idee würde ausgeben können, um damit Lorbeeren zu ernten. Sie hatte sogar die neue Praktikantin fast zum Heulen gebracht; zumindest war sie sicher, dass Tränen in den verdächtig geröteten Augen geglänzt hatten.

Hatte sie nicht alles getan, um sich besser zu fühlen? Vielleicht könnte sie noch jemanden entlassen oder solange auf ihm herumtrampeln, bis er freiwillig das Handtuch warf, aber nach der letzten Welle von Kündigungen waren sie etwas knapp an Personal, und bis sie eine neue Fuhre Frischfleisch ins Haus bekamen, würde sie sich zurückhalten müssen, sonst hätte sie nur neuen Ärger damit, all die unqualifizierten Bewerbungen abzusegnen. Wenn sie denn überhaupt noch dazu kam!

Eine der Bürotüren öffnete sich unerwartet, und Lehmann vom Controlling trat heraus, ohne sie bemerkt zu haben. Sein graues Jackett saß beulig wie immer; nicht einmal in einer Uniform, befand sie, hätte Lehmann eine männliche Figur abgegeben. Er war dicht vor ihr; nicht ganz so dicht, dass sie schon sein schreckliches Aftershave riechen musste, aber wenn sie ihre Schritte nicht gleich verlangsamte, würden sie wohl zusammenstoßen. Sie verlangsamte nicht. »Passen Sie doch auf!«

Er erschrak, als ihr warmer, stämmiger Körper gegen seine schmale Schulter stieß, und aus den nikotinvergilbten Fingern rutschte seine Zigaretten-schachtel und fiel zu Boden. »Entschuldigung«, stammelte er. Erst heute Morgen hatte sie ihn wegen eines Berichts zusammengestaucht, der vollkommen korrekt gewesen war, doch auch das hatte das Gefühl in ihr nicht aufgelöst: Übelkeit gleich klebte es in ihrer Kehle, versäuerte ihren Magen und machte ihre Hände und Füße beinahe taub. Sie schrie dagegen an, versuchte es mit Wut zu verbrennen, doch es war zäher als ein starr gewordener Kaugummi.

»Sie können ja noch nicht einmal geradeaus *laufen*!«, keifte sie. »Ich hoffe nur, Sie fahren kein Auto! Geben Sie bloß Ihren Führerschein ab, Lehmann, geben Sie ihn bloß ab! Sie gefährden ja Menschenleben!«

Lehmann haspelte noch einmal eine Entschuldigung herab; dann war sie auch schon an ihm vorbei und warf das Echo ihrer klappernden Schritte zu ihm zurück, während er sich bückte, um seine Kippen aufzuheben. Unter normalen Umständen hätte sie sich jetzt gut gefühlt, irgendwie erleichtert. Doch der Kaugummi klebte immer noch in ihr.

Sie betrat ihren eigenen Raum. Die einzige portable Klimaanlage des gesamten Hauses hatte die Temperaturen nicht zu hoch steigen lassen und empfing sie mit künstlich steriler Luft. Kühl glänzte der gebürstete Stahl an den Wänden, und der mächtige Schreibtisch in der Mitte des Zimmers lauerte auf sie wie ein hungriges Raubtier.

Sie verharrte.

Mitten auf der Schreibtischoberfläche lag ihr Mobiltelefon. Sie hatte nicht gewagt, es mit in die Besprechung zu nehmen. Ein einziges Klingeln hätte alles ruinieren können, hätte ihren Schlachtplan, den sie zur Beruhigung entworfen hatte, zunichtemachen können. Vielleicht wäre es die Klinik gewesen. Vielleicht. Vielleicht aber auch nicht.

Ihre Finger fuhren über ihre schweißnasse Stirn, strichen ein paar verklebte Strähnen zur Seite, glitten tiefer und folgten den Linien ihrer Ohrmuschel. Ob eine Nachricht in der Voicebox lauerte? Seit zwei Tagen wartete sie auf das Ergebnis der Untersuchung. Heute, hatten sie versprochen, sei es soweit, aber spätestens! Dummerweise hatten sie das auch schon über gestern gesagt und über vorgestern. Sie glaubte den Versprechungen nicht mehr.

Ihre Großmutter war an Brustkrebs gestorben, ihre Mutter ebenso. Der Vater hatte Lungenkrebs gehabt, den Bruder plagte seit Jahren seine Prostata. Sie waren einen Krebsfamilie, nur sie war noch Krebsjungfrau. Sie erinnerte sich an endlose Stunden in den Wartesälen von Arztpraxen und Krankenhausfluren. Sie erinnerte sich ausfallende Haare, wimpernlose Augen, ausgemergelte Gesichter, denen doch zuletzt die Lider zugedrückt wurden. Es war kein schönes Sterben, das die Onkologen begleiteten. Es war schmutzig, kalt und schmerzhaft.

Es konnte auch nur ein Muttermal sein. Auf der Sonnenbank getönten Haut war es ihr vorher nur nie aufgefallen. Selbst der Facharzt hatte gesagt, dass es sich nicht um ein Melanom handeln musste. Er hatte aber auch gesagt, sie bekäme das Ergebnis der Vorsorgeuntersuchung vor zwei Tagen.

Unschlüssig stand sie an der Tür, sog die klima-anlagengekühlte Luft in ihre Lungen und roch doch eindeutig das Sterben. Jedes ihrer Gedärme fühlte sich seit Tagen an, als hätte es sich bereits auf die Besucherliste der Metastasen eingetragen. Ob zuerst ihre Nieren versagen würden? Oder würden nur ihre Knochen Stück für Stück splittern, bis endlich die Lungen kollabierten und sie schmerzvoll einen letzten Atemzug nehmen ließen, während sie ihre braune Haut verfluchte? Sie hatte ihr aber so unglaublich gut gestanden, tat es noch heute!

Ein Telefon schrillte; sie erschrak, doch es war nicht ihr Handy, sondern der Büroanschluss. Dafür hatte sie nun ganz gewiss nicht die Muße; es würde wieder nur irgendein Arschloch sein, das von ihr wissen wollte, wie es leben sollte. Unwillig schüttelte sie den Kopf, ging auf den Schreibtisch zu, warf die Mappe neben die Computertastatur und nahm das Mobiltelefon in die Hand. Der Kunststoff lag glatt und kühl in ihrer Hand, und sie ließ es in ihre Handtasche gleiten, die griffbereit auf dem Schreibtisch stand. Krokodilleder; echt, kein Imitat. Wenn es doch ein Melanom war, konnte sie sich womöglich ihre Hand-tasche implantieren lassen. Die Medizin machte doch jeden Tag Fortschritte.

Sie ignorierte das klingelnde Telefon; die Klinik hatte nur ihre Privatnummer. Sollte das Arschloch am Telefon eben lernen, eigene Entscheidungen zu treffen. Sie war doch die einzige hier, die ihren Kopf zum Denken benutzte! Doch irgendwann mussten die anderen anfangen, ihrem Beispiel zu folgen – womöglich eher, als ihr gerade lieb war. Auch für die nächste Stunde würde das Büro gedankenlos bleiben. Sie musste raus; brauchte frische Luft, um den Kopf wieder klar zu bekommen. Sie brauchte keine Erinnerungen an das gestufte Krepieren. Sie würde sich ans Steuer ihres Sportwagens setzen und durch die Straßen brausen. Vielleicht würde sie shoppen gehen oder sich eine Schale fettiger Pommes gönnen, wie sie all die Asozialen in sich hineinstopften. Auch da hatten sie ja endlich ein Krebsrisiko entdeckt, das wenigstens einmal hoffen ließ, dass es auch die Richtigen traf. Alle also, nur sie vielleicht nicht. Vielleicht war es ja auch kein Melanom.

Niemand begegnete ihr auf dem Flur, doch durch eine angelehnte Bürotür drang leises Schluchzen, begleitet von tröstenden Worten. Die Praktikantin, dachte sie triebhaft, bei der wohl jemand versuchte, einen Trostfick für sich herauszuholen. Lehmann vielleicht. Der gehörte zu den Waschlappen, die bei starken Frauen kniffen, bei den Heulsusen aber gleich einen Ständer bekamen. Nur klang die Stimme nicht nach Lehmann; es lag zu viel Kraft darin.

Es machte keine Mühe, über diese Dinge nachzudenken, während sie zum Fahrstuhl ging, aber es verschaffte ihr auch nicht die Erleichterung wie gewöhnlich. Tonnenschwer hing ihr Handkrokodil zwischen ihren Fingern, unverdauliche Beute in seinem Magen, fuhr mit ihr in die Tiefe und schlug gegen ihre Knie, als der Aufzug im Erdgeschoss hielt. Sie trat allein aus der Kabine; für die Mittagspause war es zu spät, für den Feierabend noch zu früh. Sie würde auch die Straße für sich haben.

Draußen schien die Sonne. Knochenbleich schwamm eine einzelne Wolke neben der grellen, alles entzündenden Gaswolke. Selbst für die Vögel war es zu warm; sie saßen im welkenden Blätterdach der Bäume und ließen ihre Schnäbel geschlossen. Die Luft war so trocken und staubig, dass ihr mit einem Mal sogar das Spuckewasser aus dem Besprechungs- zimmer verlockend erschien. Wenn sie nur schnell genug in den Wagen kam, nur schnell genug fahren würde, konnte sie womöglich ein Café erreichen und ein gutes Wasser bestellen, ehe die Gedanken von Siechen und Scheiden wieder zu ihr aufgeschlossen hatten. Einen Versuch war es wert.

Der Parkplatz, auf dem ihr Wagen stand, lag nur wenige Schritte vom Gebäude entfernt auf der anderen Seite einer kleinen Straße, die so dicht an der Hauptstraße lag, dass es einem Wunder gleich kam, wie autoleer sie war. Natürlich hatte der Park- platz eine Schranke, um das schmarotzende Gesocks, das nicht ins Parkhaus einen Block weiter wollte, von ihrem kostbaren Parkraum fernzuhalten. So war der Platz nicht überfüllt, und niemand musste Kratzer oder abgefahrene Seitenspiegel befürchten. Sie atmete durch. Wenn sie sich auf die Sorge um das Wohl ihres Autolacks beschränkte, konnte sie die Gedanken um das Ergebnis der Untersuchung ver- drängen. Selbstsicher verließ sie den Bürgersteig und betrat den Asphalt.

Das Handkrokodil begann zu vibrieren.

Sie erstarrte, je stärker die Vibration wurde. Kein

Zweifel mehr möglich. Ihr Hals war trocken. Die Finger bebten. Der Verschluss der Tasche gab beim ersten Versuch nicht nach. Nach dem zweiten Versuch verbarg sich das Mobiltelefon zwischen Lippenstift, Kugelschreibern und dem Haustürschlüssel. Der dritte Versuch war erfolgreich.

Ihre Stimme drohte fast zu versagen, als sie sich meldete, dann lauschte sie atemlos. Der Mensch am anderen Ende der Leitung sprach viel lauter, nutzte eine aggressive, schießende Abfolge von harten, sachlichen Worten, und doch überließ er sie schutzlos den Gedanken, die sie bis gerade hatte zurückdrängen können. Sie sah sich an Schläuchen, verabschiedete sich in Gedanken von ihrem blondierten Haar, presste die freie Hand mit dem Handkrokodil gegen ihren Magen, während die andere das Handy umklammerte, als könnte sie sich daran aus ihrem Schicksal ziehen.

»Negativ«, hauchte sie. Die Stimme, die durch das Mobiltelefon quäkte: Mit einem Mal wurde sie weicher. Dann drückte sie sie fort, mitten im Wort.

»Negativ«, wiederholte sie, horchte auf den Klang ihrer eigenen Stimme. Waren da nicht auch Vögel, die plötzlich erwacht aus den Baumkronen tirilierten? Schlug ihr Herz nicht einen warmen Takt dazu? Schien nicht die Sonne hell und freundlich aus ihrem Himmel auf sie herab, und war das Leben nicht – mit einem Wort – gesund?

»Negativ«, flüsterte sie, und zum ersten Mal an diesem Tag stahl sich ein Lächeln auf ihre Lippen. Ein neues Geräusch drang an ihre Ohren, und lächelnd wandte sie den Kopf, sah die Straße hinunter, in deren Mitte sie stehen geblieben war, und musste die Augen leicht zusammenkneifen, als sich das Sonnenlicht auf der blank geputzten Windschutzscheibe spiegelte. Was für ein niedlicher kleiner Wagen, dachte sie. Billig, keine Frage, das Imitat eines großen Wagens, der zu teuer für den Besitzer ist, aber auf gewisse Weise hatte das Auto Charme.

Glück, Erleichterung, Zufriedenheit fluteten über sie wie einen großer Bottich frisch gekochten Leims, klebten ihre Instinkte zu, lähmten ihre Beine und ließen ihre lächelnde Miene erst stocken, als der Wagen ganz dicht an sie herangekommen war und eine neue Erkenntnis in ihr erwachte: Das Auto hielt auf sie zu, bremste nicht, wich nicht aus, beschleunigte sogar!

Der Abrieb der Reifen auf dem Asphalt ließ kleine Steinchen zur Seite spritzen; er roch nach Gummi und Abgas. Hinter der Windschutzscheibe konnte sie im Bruchteil eines Herzschlags ein Gesicht ausmachen – eine knochige Fratze, deren Zähne vergilbt zwischen den beinernen Kiefern klemmten, in alle Ewigkeiten zu einem irren Grinsen gezwungen. Eine Fratze, die wie Lehmanns blasse Visage aussah. Seine blutleeren Lippen bewegten sich, und die hasstriefende, verzweiflungsdrängende Entschlossenheit in seinem Blick erfüllte ihr Chefinnenherz mit wilder Freude. Seit Monaten triezte und reizte sie ihn, um seinen formlosen Charakter zu festigen, um kalten Stahl aus weichem, brüchigem Eisen zu schmieden. Heute, dachte sie lächelnd, fügte sich endlich zusammen, was zusammen gehörte.

Ihr Körper verlor den Kontakt mit dem Boden, ihr Knie zerbarst an der Stoßstange, ihr Arm beulte die Motorhaube ein, ihre Stirn stieß gegen die Windschutzscheibe, und zwischen die haarfeinen Rissen sprenkelten sich rot ihre Blutstropfen, die aus der aufgeplatzten Braue spritzten. Der Himmel drehte sich um sie, dann nahm der Asphalt sie dunkel wieder auf, und sie hörte das gleichmäßige Brummen des Motors, das einschläfernd gewirkt hätte ohne das Meer aus Schmerzen, in dem sie versank.

Negativ. Gott sei Dank.

Erzähl mir was

Erzähl mir was. Ja, du! Weshalb soll immer ich reden? Nun bist du an der Reihe. Erzähl mir was, irgendetwas, und sei es noch so banal, noch so dumm, noch so uninteressant. Rede einfach und ersticke damit die Stille, die es herausfordert, gebrochen zu werden. Denn wenn du nicht redest, dann muss ich es tun. Muss plappern, reden, erzählen. Dann muss ich dir das erzählen, was ich erlebt habe, muss dich quälen, quälen mit der Busfahrt, die an einem sonnigen Morgen begann. Aber ich will nicht davon erzählen, nicht daran denken. Am liebsten würde ich es vergessen, ganz schnell vergessen.

Du redest nicht? Du willst, dass ich die Stille breche? Nein, ich kann es nicht, ich will es nicht. Nicht erzählen von dem Bus, der sich von Haltestelle zu Haltestelle mehr füllt. Schließlich stehen die Leute sogar in den Gängen, obwohl noch ein paar Plätze frei sind. Ich sitze am Fenster und lerne für die Prüfung am Nachmittag. Doch das ist eigentlich Nebensache.

Der Bus muss halten, weil die Ampel rot ist, vor ihm noch ein kleiner Laster. Rechts am Straßenrand der Seitenstraße steht ein Tankwagen oder etwas Ähnliches, ein Auto mit etwas auf dem Anhänger, das aussieht wie eine überproportionale Gasflasche.

Ein Mann rennt auf den Laster vor uns zu. Er presst seine Hände an die Schläfen, sein Gesicht ist ganz rot, er schreit etwas. Er rennt auf die Straße, verschwindet aus meiner Sicht. Ich denke noch, dass er dem Fahrer des Lasters vielleicht etwas erzählen will. Aber dann kommt der Mann wieder. Er kniet auf dem Bürgersteig, die Hände vors Gesicht geschlagen. Dann steht er wieder auf und schreit. Nun kann ich auch verstehen, was er brüllt, welches Wort er so verzweifelt brüllt. Hilfe.

Nein, ich kann nicht weitererzählen. Ich kann es einfach nicht. Rede du und beende das Schweigen. Du willst immer noch nicht? Neugierig bist du, neugierig, weshalb der Mann um Hilfe ruft? Glaube mir, du willst es gar nicht wissen. Ich wollte es, und sieh, was aus mir wurde. Du willst es dennoch wissen?

Das will der Radfahrer auch, der mit seinem bunten Anzug und dem Helm angeradelt kommt. Er steigt ab. Danke, er steigt ab! Er wird sich um den Mann kümmern. Der Arme ist doch so verzweifelt!

Der Radfahrer führt ihn zu einem kleinen Gebüsch, und er fällt wieder auf die Knie, die Hände vor dem Gesicht. Er hat schon zu viel gesehen. Und viel zu wenig dazu.

Der Radfahrer geht zur Straße, und erst jetzt bemerken auch die Leute im Bus, dass etwas auf der Straße liegt, etwas, das aus der Ferne bräunlich aussieht. Vielleicht ein Hund? Ein Hund, der von einem Auto erwischt wurde? Armes Tier. Aber es ergibt einen Sinn. Der Mann ist wohl der Besitzer und deshalb so verzweifelt. Armer Mann. Und armer Hund.

Die Ampel wird grün, und der Bus fährt weiter. Er muss den Laster überholen, der mit Warnblinkanlage stehen bleibt. Dann kommt die Seitenstraße in Sicht.

Es ist kein Hund. Gütiger Himmel, es ist kein

Hund, der da auf der Fahrbahn liegt. Es ist ein Mensch. Es ist ein Mensch!

Ein Mann mit einem hellblauen Oberteil, ein älterer Mann. Und in der Mitte ist er platt. Platt, weil der andere Mann mit seinem Tankwagen über ihn gefahren ist. Da, wo Bauch und Rücken sein sollten, ist nur noch eine blutige, schleimige Masse, ein rötlicher Brei.

Noch in dem Augenblick, in dem ich den Menschen als solchen erkenne, wende ich mich ab, doch ich glaube zu erkennen, dass sich sein Mund bewegt hat.

Die Menschen im Bus atmen ein. Das ist schlimm. Da stirbt ein Mensch. Aber der Bus ist vorbeigefahren. Der Anblick, der schreckliche Anblick, ist vorüber. Der Fahrer wird über Funk einen Krankenwagen rufen, er versucht es ja schon, kommt nur nicht durch. Man selbst kann ja nichts machen. Man ist so hilflos.

Du blickst betroffen. Weshalb? Du hast ja noch nicht alles gehört.

Den Schrei hast du nicht gehört, das Wimmern. Du hast die Frau nicht gehört, die plötzlich anfängt zu schreien, die ältere, weißhaarige Frau, die in der Mitte des Busses im Gang steht, nahe der Tür, die Frau, die an der letzten Haltestelle erst zugestiegen ist. »Ist mein Mann! Ist mein Mann, der da liegt! Ist mein Mann!«

Nie habe ich so etwas gehört. Nie gesehen.

»Ist mein Mann! Ist mein Mann!«

Warum beruhigt sie denn niemand? Warum tut

denn keiner etwas?

»Ist mein Mann! Ist mein Mann!«

Der Türke mit den Krücken, der neben ihr auf einem Platz sitzt, versichert ihr, dass das nicht stimmt, dass es nicht ihr Mann ist.

»Doch! Ist mein Mann! Ist mein Mann!«

Warum hält sie denn keiner fest? Weshalb hindert sie niemand daran, verzweifelt zur Tür zu laufen?

Der Busfahrer, der wieder gehalten hat, als der Schrei zum ersten Mal ertönte, will weiterfahren. Die Menschen hindern ihn, halten ihn auf. Armer Busfahrer. Er weiß auch nicht recht, was zu tun ist. Er ist genauso hilflos wie fast alle. Was tut man denn auch in so einem Augenblick? Wer kann von sich behaupten, das zu wissen? Denn so etwas lernt man in keiner Fahrstunde. Und da ist ja auch noch der Fahrplan, an den man sich halten muss. Der konstante, bekannte Fahrplan.

Schließlich öffnet der Busfahrer die hintere Tür, auch weil ihn seine Gäste beschimpfen und anschreien, er könne doch jetzt nicht weiterfahren. Eine Frau mit Lederrucksack und ein junger Mann in einem rotblauen Trainingsanzug helfen der schwankenden, weinenden Frau aus dem Bus. Sie werden bei ihr bleiben. Man kann ja auch den nächsten Bus oder ein Taxi nehmen. Die Frau ist nun wichtiger.

Die übrigen Fahrgäste atmen auf. Jetzt schreit niemand mehr. Jetzt zerrt niemand mehr an ihren Nerven, ihrem Mitleid, ihrem Schuldgefühl, ihrer Betroffenheit. Jetzt ist alles still.

Alle schweigen, einige haben Tränen in den

Augen. Keiner sagt ein Wort, außer zwei Frauen, die ihrem Mitgefühl und ihrer Betroffenheit dadurch Ausdruck verleihen, dass sie einander erzählen, wie schrecklich das doch alles ist und wie schlecht ihnen beim Anblick des Mannes auf der Fahrbahn geworden ist.

Das wünschst du niemanden, wirklich niemandem, jetzt in diesem Bus zu sitzen, umgeben von Schweigen, eingehüllt nur in das Brummen des Motors. Du sitzt da, krallst deine Finger in deine Jacke, deine Tasche oder in sonst irgendetwas und lauscht gebannt auf das Heulen der Sirenen. Dreimal hörst du sie, und jedes Mal ist es nur ein Polizeiauto, das auf der Gegenfahrbahn in Richtung Unfall braust. Wo bleibt nur der verdammte Krankenwagen?

Leute steigen aus, und andere ein. Leute, die nichts von dem Mann mit den Händen vor dem Gesicht wissen, nichts von dem Mann auf der Fahrbahn, nichts von der Frau. Die sich nicht andauernd vorstellen, wie groß Schuld und Verzweiflung des Fahrers sind. Die nicht an die rotbraune Masse auf der Fahrbahn denken, eine Masse mit zwei Beinen und einem Kopf, dessen Mund atmet oder wimmert oder schreit. Die nicht das verzweifelte Jammern der Frau in den Ohren nachklingen hören.

»Doch, doch! Ist mein Mann!«

Endlich fährt der Rettungswagen auf der Gegenfahrbahn vorbei. Endlich, jetzt endlich. Wäre der Busfahrer mit seinem Funkgerät durchgekommen, wäre er vielleicht eher gekommen. Oder wenn einer ein Handy bei sich gehabt hätte. Wenn sie die verdammten Dinger schon ins Kino und in die Universität schleppen müssen, warum ist dann nie eins da, wenn es wirklich mal gebraucht würde?

Vielleicht ist auch schon längst ein Krankenwagen da, einer, der von der anderen Seite kam, den die Menschen im Bus nicht gesehen oder gehört haben können.

An der nächsten Bushaltestelle musst du raus. Du greifst deine Tasche fester. Endlich wirst du dem Sitz entkommen, an den du dich gebunden fühltest, als die Frau hinten im Bus schrie. Du kannst deine Beine spüren, dein Puls schlägt, und dein Herz auch. Du kannst dich auf die Suche machen nach etwas, das dich ablenkt, damit du von etwas anderem sprichst, etwas Anderes hörst und siehst, an etwas Anderes denkst. Etwas Banales. Etwas, das jeden Tag passiert. Etwas, an das du gewöhnt bist. Etwas Lebendiges.

Morgen steht es wohl in der Zeitung, dass ein Laster oder Tanker oder sonst ein großes Auto einen Radfahrer erfasst hat. dass das Opfer, ein etwa 60-jähriger Mann, den Unfall nicht überlebte. dass der Fahrer einen Schock erlitten hat.

Aber da steht nichts über die Menschen im Bus. Nichts über ihre Hilflosigkeit. Nichts über die Frau, die ihren Mann sah, von dem sie sich gerade verab-schiedet hatte. Und die Zeitung wird mir auch nicht sagen, ob es nun tatsächlich ihr Mann war, und was aus dem Radfahrer, der Frau mit dem Lederrucksack und dem Mann in dem Trainingsanzug wurde. Denn niemand wird es wissen.

Auch du wüsstest es nicht. Wenn du mir etwas

erzählt hättest.

Herz und Seele

Banküberfall blau-weiß

»Und?« Frau Seitlitz von Schalter zwei lächelte spitzbübisch, als sie Albrecht auf dem Weg von der Kaffeemaschine zu Schalter eins in den Weg trat. Ihre Augen glitten zum königsblauen Kaffeebecher in seiner Hand. »Trinken'S immer noch den Kaffee aus so einer Verlierertasse?«

Albrecht schmunzelte zerknirscht und zuckte mit den Schultern. Als einziger Fan des FC Schalke 04 lebte es sich nicht gerade einfach in der kleinen Bankfiliale unweit von Augsburg. Vor dieser Situation sollte man vor der Versetzung besser gewarnt werden! Den Dialekt, den konnte er ertragen, aber um vor der grassierenden Inkompetenz und Ignoranz in den wahrlich wichtigen Bereichen des Lebens nicht schreiend die Flucht zu ergreifen, hatte Albrecht viele Wochen üben müssen, seine Ohren auf Durchzug zu stellen. Wenn man Glück hatte, waren die Kollegen noch 1860er Fans, die zu sehr den verpassten Wiederaufstieg bejammert und sowieso jedem die Daumen drückten, der gegen die Bayern spielte, aber bei Frau Seitlitz handelte es sich um eines dieser Fanexemplare, die zwar noch nie einen Fuß in ein Stadion gesetzt hatten, sich aber dank Netzer, Delling und Reif für *die* Experten schlechthin hielten.

»Den Verein wechselt man nicht wie Unterwäsche«, belehrte er seine Kollegin, hob grüßend seine Tasse und zwängte sich an ihr vorbei. »Und so schlecht ist es die Saison doch gar nicht gelaufen.« Er ignorierte ihr blasiertes Schnauben, indem er sich mit einem Schluck Kaffee stärkte. »Platz zwei, direkte

Qualifikation für die Champions League, dazu bis ins Finale des Pokals gekommen – da wäre manch einer dankbar drum.« Grinsend fuhr er sich mit der Zunge über die Lippen. »Fragen Sie doch mal die Stuttgarter, Frau Seitlitz. Oder die Herrschaften aus Dortmund.«

»Ach, papperlapapp.« Frau Seitlitz winkte ab und trippelte zu ihrem Schalter, rückte ihre Bluse zurecht und ließ sich nieder. »Ihnen muss doch das Herz geblutet haben bei dem Tor von dem... dem...« Sie wedelte mit der Hand. »Na, Sie wissen schon. Bei dem zweiten Tor halt.«

»Das Abseitstor vom Salihamidzic, meinen Sie?« Aus den Augenwinkeln registrierte Albrecht, dass der Filialleiter gerade die Türen öffnete. Natürlich hatte ihm das Herz geblutet! Viel deutlicher konnte man doch gar nicht im Abseits stehen, und wenn die Schiedsrichter sich nur getraut hätten nach den ganzen Fehlern in der ersten Halbzeit... Albrecht seufzte. Es war müßig, sich darüber auszulassen. Nicht nur, dass die Seitlitz, dieser Erfolgsfan, nie die wahre Pein des Fandaseins begreifen würde, es war ja auch abgepfiffen, das rote Konfetti war in den Äther geschossen worden statt des blauen, und der Pokal würde dieses Jahr erneut davor bewahrt, zum zweiten Mal von einem betrunkenen Assauer fallen gelassen zu werden.

»Ach ja, abseits.« Frau Seitlitz verdrehte die Augen. »Ihr habt's ja immer was zu meckern, ihr Preußen. Ihr...«

»Hände hoch!« Die donnernde Stimme fuhr Albrecht durch Mark und Bein, und fast verschüttete er seinen Kaffee, während Frau Seitlitz laut aufschrie.

»Klappe halten!«, brüllte der Mann mit der Strumpfmaske, der als erster den Schaltraum gestürmt hatte, während sein Komplize an der Tür dem zitternden Filialleiter eine Pistole an den Kopf hielt und nervös auf die Straße schielte. »Klappe halten und Hände hoch!«

Albrecht schob sich langsam auf seinem Stuhl rückwärts und befolgte zitternd die Befehle des Bankräubers. Vermutlich war der Mann kein Riese, aber für Albrecht wirkte er nahezu gigantisch, wie er da mitten im Zimmer stand, die Pistole durch die Luft fuchtelte und mit schweren Schritten auf den Schalter zukam. Auf *seinen* Schalter, um genau zu sein. Albrecht rutschte das Herz in die Hose, seine Hände wurden feucht, und er schluckte schwer. Mein Gott, betete er stumm, wenn es dich wirklich gibt, dann mach, dass ich das hier überlebe!

Der Bankräuber blieb dicht vor dem Schalter stehen. »Los!«, herrschte er, stopfte eine Hand in die Tasche und zerrte einen Stoffbeutel hervor, den er Albrecht zuwarf. »Voll machen! Aber dalli!«

Albrecht nickte hastig, und ganz langsam, um den Mann ja nicht reizen – warum ging der eigentlich nicht zur Seitlitz, war der etwa Kavalier alter Schule? – stellte er seine Kaffeetasse ab und wollte nach dem Stoffbeutel greifen. Eine Hand schloss sich um sein Gelenk.

»Warte mal«, brummte der Bankräuber, und irritiert bemerkte Albrecht ein argwöhnisches Funkeln in den blauen Augen seines Gegenübers. »Ist das deine Tasse?« Albrecht nickte. »Du... bist du etwa Fan?«

»Ja«, stammelte Albrecht mit tauben Lippen. »Seit ich zehn bin.«

»Ja, Sakrament!« Der Bankräuber richtete sich fluchend auf, und erstaunt stellte Albrecht fest, dass er dabei den leeren Beutel wieder an sich nahm. »Ein Schalker! Hier unten!« Der Bankräuber grinste unter seiner Maske ungläubig. »Das glauben mir die Jungs vom Stammtisch nie.«

»Äh, wie bitte?« Zweifelnd hob Albrecht die Brauen. »Die Jungs? Vom Stammtisch?«

»Es ist so schwer, hier unten anständige Leute zu finden, findest du nicht auch?« Der Bankräuber seufzte, während sein Komplize sich laut räusperte, und Albrecht bemerkte, dass auf der Hose des Filialleiters ein großer Fleck erschienen war. »Du hast das Spiel doch sicher auch gesehen, oder?«

Albrecht musste blinzeln, um sicher zu gehen, dass der Bankräuber tatsächlich mit ihm gesprochen hatte. »Natürlich«, erwiderte er unsicher, starrte auf die Hand, welche die Pistole hielt und nun gegen die Hüfte des Bankräubers gestemmt war, und ohne nachzudenken fügte er hinzu: »Und sie haben uns verpfiffen.«

»Ha!« Der Bankräuber stieß einen triumphierenden Schrei aus. »Genau das habe ich auch gesagt, genau das! Da hätten sie ja noch besser diesen Zahnarzt aus der Pfalz pfeifen lassen können!«

»Das wäre vielleicht zu viel des Guten«, brummte Albrecht, und langsam entspannte er sich. »Man muss es ja nicht gleich übertreiben.«

Wieder räusperte sich der Komplize an der Eingangstür, und der Bankräuber wandte sich ihm genervt zu. »Ja, ja, ist ja schon gut! Hetz mich gefälligst nicht!« Er drehte sich wieder in Albrechts Richtung, musterte ihn kritisch und schüttelte schließlich den Kopf. »Nein«, sagte er dann seufzend, »das geht nicht.« Er ließ die Schultern hängen, und zu Albrechts größtem Erstaunen wich der Bankräuber Schritt um Schritt zurück.

»Was ist denn jetzt los?«, entfuhr es seinem Komplizen. »Hast du nicht was vergessen? Das Geld zum Beispiel?«

»Schalker beklauen keine Schalker«, widersprach der Bankräuber entrüstet, und ohne eine Widerrede zu erlauben, packte er seinen Komplizen an der Schulter und zerrte ihn mit sich. »Wir verschwinden.«

Ungläubig verfolgte Albrecht, wie der Filialleiter als Häuflein Elend zu Boden sackte, noch ehe die Schwingtür hinter den Bankräubern zugefallen war, und wie Frau Seitlitz augenblicklich zum Hörer griff, um die Polizei zu alarmieren.

Albrecht lehnte sich verdattert zurück, griff nach seiner Tasse und trank erst einmal einen Schluck. Vermutlich würde ihn die Polizei auch befragen – aber dabei war doch eigentlich gar nichts passiert. Ob das Gedächtnis wohl unter Schock versagen konnte? Nachdenklich fuhr sich Albrecht mit der Zunge über die Lippen.

Ein Schalker verriet schließlich keinen Schalker.

Der Andere

Angefangen hat es mit den Sonnenblumen; die erregten seinen ersten Verdacht. Vielleicht hätte er ihn besser nicht an sich herangelassen, diesen Verdacht. Ganze Nächte hatte er seither damit verbracht, seinen Instinkt zu verfluchen. Es einfach laufen lassen. Trauern, ein wenig verzweifeln, im Selbstmitleid baden und bei den Freunden Trost suchen – das stand ihm alles frei.

Müde steht er zwischen den Bäumen, versucht sich auf den Gesang der Vögel zu konzentrieren, statt auf das argwöhnische Getuschel der alten Frauen auf der Bank hinter ihm. Ein Mann in den besten Jahren, der sich bemüht, mit dem Trauerbegleitgrün zu verschmelzen – natürlich erregt das Aufmerksamkeit, und keine von der guten! Schon früh hat ihn ein Friedhofsgärtner angesprochen, und er hat es ihm erklärt. Seither lassen sie ihn gewähren. Aus dem Misstrauen in ihrem Blick ist Mitleid geworden. Er mag Mitleid nicht besonders. Es erinnert ihn an die frühen Tage, die dem schwarzen Dienstag folgten.

»Ich muss dir etwas erzählen«, hatte sie am Telefon gesagt, war aber nicht mit der Sprache herausgerückt. »Das geht nicht am Telefon«, war sie ausgewichen, und er hatte umsonst versucht, ihre Stimmung zu erraten. Schon ihr Pokerface baute Hürden, die er nicht überspringen konnte; ohne das Glänzen und Funkeln in ihren Augen war er ihren nackten Worten hilflos ausgeliefert. »Ich erzähle es dir heute Abend.« Danach hatte sie sich verabschiedet und aufgelegt.

Am Abend wartete er darauf, dass sie nach Hause kam. Auf den Klang ihrer Schritte im Treppenhaus, das Geräusch der Schlüssel im Schloss. Sie war stets von Geräuschen umgeben, liebte das Singen, Summen, Pfeifen. Anhand der Melodie erriet er ihre Launen – zumindest, wenn er das Lied erkannte. Leider liebte sie Musik, stieß damit aber nicht auf Gegenliebe: Die Töne zeigten ihr die kalte Schulter, wenn sie sie zu treffen versuchte. An jenem Dienstag blieb es still – bis das Telefon klingelte, ihre Nummer anzeigte, aber nicht ihre Stimme am anderen Ende der Leitung war, sondern die kriminologisch-psychologisch geschulte Nachricht, die seine Welt zum ersten Mal auf den Kopf stellte.

Jemand kommt den gepflasterten Weg entlang: ein älterer Herr mit schütterem Haar, das unter dem Cordhut beige wirkt wie seine Jacke. Er schließt einen Moment die Augen, wechselt das Standbein und atmet tief durch. Es ist der perfekte Zeitpunkt, um einen Zigarettenstummel fortzuschnippen und gleich darauf hastig eine neue zu entzünden; zu blöd, dass er sich das dumme Rauchen nie hatte angewöhnen können. In seiner eigenen Jacke – ebenfalls beige wie die des Herrn, denn er hat gelernt, sich anzupassen – knistert ein Dutzend Bonbonpapiere. »Die Trauer bekommt Ihnen«, sagt die charmante Nachbarin aus dem Erdgeschoss, wenn sie sich an den Mülleimern begegnen. Angesichts ihrer eigenen Fettpolster möchte er ihr empfehlen, ihren Ehemann einfach versterben zu lassen. So etwas soll ja Wunder beim Hüftgold wirken. Zum Glück begegnen sie sich nicht mehr sehr häufig, seit er mit dem Anderen beschäftigt ist.

Tagelang blieb er in der Wohnung. Er drehte die Verstärker auf und spielte ihre letzte Playlist rauf und runter, während er ihre Kleidung aus dem Wäschekorb zog und seine Nase darin vergrub. Seine Tränen mischten sich mit ihrem Geruch. Wenn die charmante Nachbarin aus dem Erdgeschoss erbost mit dem Besenstiel gegen die Decke klopfte, suchte er darin nach dem Takt. Dass es wirklich Menschen gab, die so etwas machten! Er hatte die Besenklopfer jahrzehntelang für eine Erfindung der Comicbranche gehalten.

Punkt 20.43 Uhr stellte er die Musik ab und starrte das Telefon an, das nicht mehr klingelte. Die Beileidsanrufe waren ihm auf die Nerven gegangen; nach der Beerdigung hatte er dem Telefon den Strom abgedreht und die Akkus herausgenommen. Sie lagen neben seinem entladenen Handy und schwiegen sich gegenseitig an.

Er verspeiste die letzten Einkäufe, die sie noch gemacht und in Kühlschrank und Eisfach verstaut hatte. Sie war keine besonders gute Köchin – gewesen, ermahnte er sich in jenen Tagen oft, gewesen! – aber eingekauft hatte sie gern. Wenn sie nach ihrer mehrstündigen Jagd durch drei Supermärkte mit dem besten Bund Möhren zurückkam, summte sie den Imperialen Marsch aus dem Krieg der Sterne – oder das, was sie dafür hielt. Deshalb schaute er sich den Film auf DVD an, während er kaute. Besser gesagt: Er ließ den Film im Hintergrund laufen; seit George Lucas beschlossen hatte, sein eigenes Werk zu ruinieren, fand er die Musik am gelungensten. Sie war der einzige Mensch gewesen, der ihn dazu überreden konnte, auch die Episoden-Filme zu sehen, und wenn sie über Jar Jar Binks lachte, spürte er, wie sehr er sie liebte, denn er wollte sie dennoch weiterhin im Arm halten.

Ihre letzten Fischstäbchen (»Die guten! Die mit Lachs!«) erbrach er vor lauter Kummer, während Luke Skywalker lautlos geschaltet den Todesstern in die Luft jagte.

Am nächsten Morgen erwachte er auf dem Bade-zimmerboden. Er fror. Der Geschmack in seinem Mund wich erst beim dritten Zähneputzen. Er duschte so kalt, wie er es gerade eben ertragen konnte, stopfte seine und ihre Kleidung wahllos in die Waschmaschine, räumte die Küche auf und zog sich erst danach mehr an als ein Handtuch. Anschließend ging er mit Restfeuchtigkeit auf dem Kopf auf den Friedhof. Dort warteten die Sonnenblumen.

Die alten Damen sind gegangen. Sie halten ihn vermutlich für einen verklemmten Exhibitionisten oder einen verwirrten Ornithologen. Hoffentlich kennen sie den Unterschied. Dabei hat er ihnen sogar den Platz auf der Parkbank überlassen, obwohl er von dort einen so guten Blick auf ihr Grab hat. Es beginnt langsam zu dämmern; abgesehen von einem Pär-chen, das gerade seine Hunde spazieren führt, überlassen die Menschen den Friedhof wieder Stück für Stück den Kaninchen und Eichhörnchen. Der Andere ist auch heute nicht erschienen.

Die Sonnenblumen prangten golden und strahlend auf dem dunklen, frisch geharkten Erdreich. Es waren die einzigen auf dem jung belegten Gräberfeld, und er musste unwillkürlich bei ihrem Anblick lächeln. Auf jede Frage nach ihren Lieblingsblumen hatte sie »Orchidee« oder »Rose« geantwortet. »Das klingt so viel eleganter«, war ihre überraschende Antwort auf seine Verwunderung gewesen. »Wenn dich jemand nach deiner Lieblingsblume fragt, will er wissen, was für eine Art von Mensch du bist.« »Du bist also ein Schmarotzer mit Dornen?« Sie hatte nur gelacht. Hätte es ihn nicht misstrauisch machen sollen, dass sie schon bei einer solch banalen Frage gelogen hatte? Sie war nicht einmal rot dabei geworden, und hätte er nicht gewusst, dass sie seit ein paar Jahren Sonnenblumen am liebsten hatte, hätte er ihre Lüge nicht durchschaut. Er hatte keine ihrer Lügen je durchschaut – offensichtlich.

Die Sonnenblumen führten ihn zu ihrem Grab. Erst, als er ihren Namen auf dem schlichten Kreuz las und der Schmerz seinen Atem stocken ließ, wusste er sicher, dass er am richtigen Grab stand. Es wäre ihm auch peinlich gewesen, mit verheultem Gesicht vor dem Grab eines Fremden zu stehen. Gut, dass er darauf bestanden hatte, ihr statt eines kitschigen Rosengestecks einen Strauß Sonnenblumen auf den Sarg zu legen. Ihren Sarg – er spürte, wie eine Welle von Emotionen, zu denen er noch nicht wieder bereit war, über sein Rückgrat kletterte, Darm und Magen längst in eisiger Umklammerung besiegt. Hastig warf er seine Gedanken aus; er musste an etwas anderes denken, schnell! Er dachte an die Sonnenblumen. Sonnenblumen, die er vor Wochen bestellt und hergebracht hatte. Heißen Wochen.

Warum waren die Sonnenblumen so frisch?

Seit gestern, erklärte ihm der Friedhofsgärtner, dem er einen Fünf-Euro-Schein in die Hand drückte, lägen die frischen Blumen auf dem Grab. Ein Mann habe sie gebracht, Mitte 20, dunkle Haare, Marke Sportler. Ihm fiel niemand ein, auf den diese Beschreibung passte. Sie hatten keinen großen Freundeskreis; jüngere Männer waren keine darunter, Sportler schon gar nicht. Meist verbrachten sie die Abende auf dem Sofa oder gingen ins Kino, manchmal ins Restaurant. Sportstätten hatten weder auf ihn noch auf sie eine sonderliche Anziehungskraft. Warum schenkte ein Fremder seiner Frau Blumen?

Er dankte dem Friedhofsgärtner und vergaß den Anderen. Zumindest ein wenig.

Ihn fröstelt, und er ist hungrig. Von den Bonbons bekommt er immer Durst, aber solange er auf dem Friedhof ist, trinkt er nichts. Er möchte nicht in die Situation geraten, die Flüssigkeit wieder loswerden zu müssen. Zwischen all den Gräbern kann er seine Blase nicht entspannen, und vom Besucherklo aus sieht er das Grab seiner Frau nicht. Er hat es ausprobiert. Die ganze Zeit stand ihm kalter Schweiß auf der Stirn. Was, wenn der Andere genau zu diesem Zeitpunkt… Er hat sich nicht die Hände gewaschen, sondern ist zurück zum Grab gerannt.

Schmatzend löst er die Zunge vom trockenen Gaumen, tastet seine Taschen nach einem noch eingewickelten Bonbon ab. Er findet keins und wirft stattdessen einen Blick auf die Uhr. Etwas Zeit bleibt noch. Schon einmal hat der Zufall ihn zur selben Zeit hergebracht wie den Anderen. Es wird wieder passieren. Er kann warten.

Der Andere stand am Grab, hatte gerade einen frischen Strauß abgelegt, und drehte sich um, als er ihn kommen hörte. Sein Gesicht wirkte älter, als seine Kleidung und sein moderner Haarschnitt vermuten ließen – er erkannte dieselbe Trauer in den Zügen des Anderen, die ihn tagtäglich beim Rasieren begleiteten. Doch das war das einzig Vertraute; das übrige Gesicht war ihm fremd.

Er öffnete den Mund, um den Anderen zu grüßen. Sein Gruß hatte noch nicht einmal den Weg zu seiner Zunge gefunden, als Leben in den Anderen kam. Mit hastigen Bewegungen drehte er sich um und ging davon, steifbeinig, langschrittig. Für einen Augenblick war er irritiert, dann folgte er ihm aus einem Impuls heraus. Der Andere sah über seine Schulter, nur flüchtig. Er runzelte die Stirn. Der Andere ging schneller. Er folgte ihm. Wieder blickte sich der Andere um. Sein Atem ging nun schnaubend. Der Andere begann zu laufen. Der Abstand zwischen ihnen wurde größer; er war ganz eindeutig außer Form!

Als er das nördliche Tor erreichte, war der Andere verschwunden. Er hielt sich die stechende Seite und Ausschau, doch abgesehen von einem roten Kleinwagen, der auch rein zufällig zu genau diesem Augenblick vom Parkplatz fuhr, entdeckte er keinen Hinweis, wohin der Andere verschwunden war. Es konnte ihm ja auch egal sein. Warum war er ihm überhaupt gefolgt?

Während er dort am Tor stand und nach Atem rang, fielen ihm die Schuppen von den Augen. Als der Andere ihm in die Augen geblickt hatte, hatte Furcht daran gelegen – und Erkennen! Jemand musste dem Anderen von ihm erzählt haben, und vermutlich war es derselbe Jemand, der ihm das Geheimnis der Sonnenblumen verraten hatte: seine Frau. Nur warum kannte den Anderen dann nicht? Warum hatte sie sie einander nie vorgestellt? Warum vermied der Andere nach ihrem Tod, auch nur ein Wort mit ihm zu wechseln? Und woher kannte sie ihn überhaupt?

Ihm wurde schwindelig, und er musste sich an der rauen Friedhofsmauer festhalten. Konnte seine Frau, war sie dazu in der Lage gewesen, hatte sie ihn? Er wagte die Wörter nicht einmal zu denken! Ich muss dir etwas erzählen. Ich erzähle es dir heute Abend. Was?!

Seine Welt stellte sich zum zweiten Mal auf den Kopf.

Inzwischen ist es dunkel geworden. Vom elendigen Feigling keine Spur. In wenigen Minuten werden die Tore für die Nacht verschlossen. Widerstrebend gibt er seinen Wachposten für den Tag auf. Er nimmt den längeren Weg zum nördlichen Tor. Bei jeder Bewegung, jedem Geräusch wendet er sich um; ein paar Mal auch anlassbefreit, als leide er unter Zuckungen. Niemand folgt ihm. Er ist der letzte Mensch unter den Kaninchen und Eichhörnchen.

Der Friedhof blieb die einzige Verbindung zwischen ihm und dem Anderen. Also kam er hierher. Zunächst nur ein paar Minuten, dann länger. Blieb Stunden. Kam früh am Morgen, ging wenn die Tore schlossen. Hier zu stehen war sein Recht, seins allein! Er räumte den Platz doch nicht für einen Schwärmer, einen eitlen Verführer, einen Ehebrecher, über dessen Rolle er sich zu viele Gedanken machte. Wo waren sie einander begegnet, bei welcher Gelegenheit hatten sie sich wiedergesehen, wie oft, wie lange, wie weit waren sie gegangen, hatte sie ihm die Kleider vom Leib gerissen wie sonst ihm, hatte sein Geruch noch an ihre gehaftet, wenn sie in seine Arme sank, wer hatte den ersten Schritt gemacht und wieso? War es wirklich? Er mühte sich so verzweifelt wie vergeblich, die Fragen zu verdrängen. Und wartete. Er versteckte sich im Umfeld Ihres Grabes, um den Anderen zu locken, wechselte seine Plätze wie seine Kleidung. Winters wie Sommers kam er und wartete.

Seine Schultern sacken nach vorne, als er den Friedhof verlässt. Er hat kein Auto, kein Fahrrad, nicht einmal einen Busfahrschein. Die halbe Stunde zur

Wohnung muss er laufen. Früher waren es nur zwanzig Minuten.

Er schiebt die Hände tief in die Bonbonpapier-befüllten Taschen und tritt gedankenlos auf seinen eigenen Schatten, den die Straßenlaternen zigfach um seine Füße werfen. Es erinnert ihn schmerzhaft an die Zeit, in der sie noch zwei Schatten auf den Bürgersteig warfen, die sich an den Händen hielten. Sie fehlt ihm – trotz allem und gerade deshalb. Er möchte sie schütteln, mit Vorwürfen überhäufen, anschreien! Wie konntest du mir das antun? Und wie hat sie es überhaupt angestellt? Er wendet jede Stunde, die sie zum Einkaufen unterwegs war, von rechts nach links. Hat sie danach anders gerochen? War ihr Haar zerwühlt? War der Glanz in ihren Augen kein Jagderfolg, sondern Erinnerung an den Körper des Anderen? Er forscht in ihrer gemeinsamen Vergangenheit nach Augenblicken, die ihr einen Grund für ihr Verhalten gegeben haben könnten. Sie waren doch glücklich! Er war es! War sie es auch? Noch immer keine Antworten.

Niemand kannte den Anderen, so sorgfältig er ihn ihnen auch beschrieb: ihren Kollegen, den gemeinsamen Freunden, ihrer Schwester. An Weihnachten hatte sie die Geheimniskrämerei am meisten geliebt und ihn gerügt, dass er nicht in ihrem Kleiderschrank nach seinen sorgfältig verborgenen Geschenken suchte. Es hätte ihr gefallen, ihn suchen zu sehen: in ihrer Kleidung, ihren Terminkalendern, ihrem Mailfach. Ich erzähle es dir heute Abend. Wenn sie es doch nur getan hätte!

Seine Glieder sind steif von der Kälte, schleppend kämpft er sich die Stufen zur Wohnung herauf. Er wird sich einen Tee machen und eine heiße Suppe, das taut von innen auf. Der Schlüssel passt erst beim zweiten Anlauf ins Schloss.

Die Wohnung hinter der Tür ist beinahe leer. Seine Matratze auf dem Boden, die Umzugskartons mit ihren Hinterlassenschaften, der veraltete Computer, den er für die Nachforschungen braucht. Ein Tisch mit einem Stuhl und ihr alter Sessel, in dem kaum noch etwas von ihrem Parfüm klebt. An der Wand ihr Foto.

Er zieht die Jacke aus und hängt sie an den Haken. Die durchwühlten Kleider mit ihren umgekehrten Taschen hat er fortgebracht wie ihr Handy ohne verräterische SMS, ihre Tagebücher ohne Hinweise, ihre CD-Sammlung ohne Zettel, ohne Widmung, ohne Sinn. Raum für seine Fragen ist geblieben. Die dringliche: Wer ist der Andere? Die quälende: Verband sie harmlose Schwärmerei, bedeutungslose Körperlichkeit, wohl verwahrter Flirt? Sogar – Liebe? Die schreckliche: Wäre sie noch hier, ohne den Unfall?

Sie lächelt mit ihren stummen Augen vom Foto, während er den Teller mit der heißen Suppe vorsichtig zum Tisch trägt und neben dem Brief vom Friedhofsamt abstellt – die Belegungsfrist für das Grab seiner Frau ist abgelaufen. Sie lächelt. Nur der Andere weiß, warum.

Bloodgood 25

Er hätte Nein sagen sollen. Wirklich. Damals, als die alles entscheidende Frage gestellt worden war, da hätte er Nein sagen sollen. Willst du, Mike, die hier anwesende Cornelia? Nein. In guten wie in schlechten Tagen? Nein! Ernsthaft, welcher Depp nahm denn freiwillig die schlechten Tage in Kauf? Die guten, okay, darüber ließ sich nicht einmal diskutieren, aber die schlechten? Wer stimmte freiwillig zu, an einem Frühsommertag seine Hämorriden platt zu sitzen, eine Luft einzusaugen, die dem heruntergekurbelten Fenster zum Trotz wie Teppichreiniger und Benzin roch, und seit – Mike warf einen leidenden Blick auf seine Armbanduhr – nun, seit geschlagenen 25 Minuten auf die zuplakatierte Eingangstür einer Videothek zu starren, aus der Cornelia einfach nicht trat? Die traurige Antwort blickte ihn aus dem Seitenspiegel an.

Seufzend schüttelte er den Kopf und wandte sich wieder seinem Magazin zu. Es standen wahnsinnig interessante Dinge in diesem Magazin, zum Beispiel dass in den USA eine Krankenschwester eine Niere weggeworfen hatte, die jemand hatte spenden wollen. Der Artikel war etwa fünfundzwanzig Zeilen lang. Es gab auch einen Bericht über die anstehende Hochzeit oder Nicht-Hochzeit von Brangelina; der erstreckte sich über zwei Doppelseiten und war voller Hochglanzbilder. Auf der nächsten Seite war das Sudoku, an dem Mike sich eine Viertelstunde versucht hatte. Er hatte aufgegeben, als er zum dritten Mal jedes Kästchen einer Zeile mit 1, 2 und 5 gefüllt hatte, um 'später' darauf zurückzukommen. Schließlich entdeckte er eine Anzeige, die versprach, dass man ruckzuck bis zu 25 Pfund im Monat abnehmen konnte, wenn man sich von Artischockenherzen ernährte. So ein Artischockenherz war sicher nicht sehr groß; da konnte er sich schon vorstellen, dass das half. Nichts zu essen hatte schon immer zum Abnehmen geführt.

Mike legte das Magazin auf den leeren Fahrersitz, ließ den Blick an sich herabgleiten und zupfte kritisch an seinem grauen Polo-Shirt, bis es eine recht bleiche, spärlich behaarte Bauchfalte auswarf. Er kniff hinein und grinste. Perfekt. Ausreichend Schwungmasse für den Liebeshammer, genau wie es sein sollte. Seit er in den Hafen der Ehe eingelaufen war, sorgte Cornelia, die es übrigens hasste, Conni genannt zu werden, komischerweise aber nicht gegen Nelly oder Nele einzuwenden hatte, für regelmäßige Mahlzeiten, indem sie ihn anrief und ans Kochen erinnerte. Jedes Wochenende schleppte sie ihn mit in den Supermarkt, den sie unter der Woche allein plünderte, setzte ihn irgendwo an der Gemüsetheke aus und sammelte ihn mit einem hoch beladenen Einkaufswagen ein, wenn er orientierungslos bei den Tiefkühltruhen nach seiner Pizzaschachtel suchte. Anschließend verwandelte er die Küche in ein Schlachtfeld, und wenn es ihr besonders gut geschmeckt hatte, präsentierte ihm Cornelia etwas aus ihrer Sammlung. Warum er für gute Leistung bestraft wurde, wusste allerdings nur sie.

Schon als kleiner Junge hatte Mike Menschen, die etwas sammelten, mit einer Mischung aus Ehrfurcht und Mitleid gegenübergestanden. Tat er auch immer noch, selbst jetzt, da er mit einem besonderen Exemplar der Sammelmenschen verehelicht war. Cornelia hatte abgesehen von ihrer ungewöhnlichen Neigung auch sein Herz gesammelt – als Sammlerin hatte sie Übung. Worin sie keine Übung hatte, war Pünktlichkeit. Fünf Minuten, hatte sie ihm ziemlich genau fünfmal versprochen, würde das dauern, länger nicht. Danach könnten sie zur nächsten Pizzeria fahren, die das Smartphone in der Nähe wähnte. Mike wog nachdenklich den Bauchspeck zwischen Daumen und Zeigefinger. Langsam wurden selbst Artischockenherzen attraktiv!

Die Tür der Videothek öffnete sich – Halleluja! – und Cornelia kam heraus. Mike musste nicht erst ihre plastiktütenlose Hand und den verkniffenen Zug um ihren Mund sehen, um zu wissen, dass ihre Jagd erfolglos gewesen war. Ihr Gang verriet es schon: Die fedrige Leichtigkeit ihrer Schritte fehlte, ihre Hüften schwangen nicht weit genug aus, ihre Schultern hingen herab. Cornelia hatte versagt, und das tat Mike leid. Andererseits würde er jetzt etwas zu beißen bekommen, ehe es dunkel wurde. Es war der 25. Juni, und die Tage wurden ab jetzt wieder kürzer, sowas musste man bedenken bei all der Warterei!

»Kein Erfolg?« Mike lächelte, als Cornelia vor seiner Beifahrertür stehen blieb, in die Hocke ging und sich schmollend in sein Fenster hängte.

»Die blöde Kuh«, brummte sie. »Sie sagt, sie

haben ihn nicht.«

Toll. Waren sie umsonst hergefahren und hatte er umsonst auf sie gewartet. Und das ausgerechnet heute! »Was hast du dann so lange da drin gemacht?«, erkundigte er sich ruhig. Also wirklich ruhig – der stillste Ozean wäre ein Taifun gegen ihn.

»Ich hab ihr natürlich kein Wort geglaubt!«, erklärte Cornelia und reckte das Kinn vor. Oha.

»Schatz«, sagte er langsam, »warum sollte sie denn lügen?« Ehrlich. Wäre sie mit dem Ansinnen hineingegangen, die Blaue Mauritius zu sehen und zu stehlen, wäre ihre Paranoia ja verständlich gewesen. Aber für Bloodgood 25?

»Das ist so ein Tussiding«, wich Cornelia achselzuckend aus. »Die rückt den nur nicht raus, weil ich eine Frau bin. Kommt mit Konkurrenz nicht klar oder sowas.« Es lag etwas in der Luft, aber Mike konnte es nicht greifen; deshalb bemerkte er zu spät, worauf sie hinauswollte, nickte verstehend und tätschelte ihr sogar tröstend den Unterarm. »Aber wenn jetzt vielleicht ein Mann... Schatz, könntest du nicht mal mit ihr reden?«

»Ich?« Zweifelnd hob Mike die Brauen, und nur die Erfahrung seiner Ehejahre ließen ihn jetzt nicht in blinde Panik verfallen. Wenn er gelassen blieb, konnte er sich womöglich noch aus der Falle winden, die sie ihm da gelegt hatte. »Ich kann doch auch keine Wunder vollbringen.«

»Aber Schatz.« Es war das zweite Mal, dass sie ihn schatzte. Noch ein schlechtes Zeichen; Wiederholung machte nie etwas besser. »Mit deinem männlichen Charme wirst du sie um den kleinen Finger wickeln!«

»Männlicher Charme«, wiederholte er trocken. Sollte er sie daran erinnern, dass er wegen ihres überstürzten Aufbruchs keine Zeit zum Rasieren gehabt hatte? Dass unkontrolliertes Stoppeln am Kinn bei ihm nicht cool und verwegen, sondern abgerissen und ungepflegt aussah? Dass sein Shirt dank der langen Fahrt und der wohltemperierten Warterei am Rücken klebte (und auf der Vorderseite einen Zahnpasta-Flecken hatte)? Dass sie vorhin bei seinem Anblick noch selbst vorgeschlagen hatte, sich lieber eine Pizzeria oder einen Schnellimbiss als ein schickeres Restaurant zu suchen?

»Bitte? Bittebitte? Für mich?«, fragte sie mit klimpernden Wimpern. Es war eine Szene aus Bloodgood 2, die Cornelia aus Mike unerfindlichen Gründen absurd witzig fand. Ohne Beifahrertür zwischen ihnen hätte sie vermutlich versucht, ihn zu kitzeln. Weil es sie glücklich machte, lachte er dann auch. Apropos sie glücklich machen...

»Männlicher Charme«, grunzte er und verdrehte die Augen. »Geh mal von der Tür weg und lass mich aussteigen.«

»Du bist der beste«, jubelte sie. Hoffentlich, dachte er, als er sich ächzend aus den Polstern quälte, um auf krummen Beinen zur Videothek zu staksen, hoffentlich waren das nicht zu viele Vorschusslorbeeren.

Der Laden versprach von außen nichts, was das Innere nicht hielt. Der Linoleumfußboden hatte seine besten Tage hinter und eine ordentliche Reinigung noch vor sich, und die Bestände in den Regalen sahen für diese Uhrzeit zu gut gefüllt aus, als dass der Laden lukrativ sein konnte. Mikes Blick irrte zu dem schweren, blickdichten Vorhang neben der Kassentheke, der Jugendlichen verwehren sollte, was sie sich dann eben daheim herunterluden. Sicher war Cornelia von ihm verschluckt worden wie von einem schwarzen Loch, und während er die Backrezepte von Seite 25 studiert hatte – Salat mit Mohn und Erdbeeren; sie warfen Mohn und Erdbeeren neuerdings doch in alles, sicher gab es auch Artischockenherzen mit Mohn und Erdbeeren! – war sie auf der Jagd gewesen.

Wo andere Briefmarken oder Handtaschen, Münzen oder Plattencover sammelten, trieb Cornelia der Reiz nach Horrorfilmen. Nicht etwa Filme wie Psycho, den Mike für den Grund seiner sonst unerklärlichen Duschvorhangphobie hielt, sondern Filme, die so trashig waren, dass selbst C- oder D-Movie zu schmeichelhaft klang. Der Buchstabe für diese Sorte Filme musste noch erfunden werden. Erst wenn sie herausfanden, wie man das Geräusch einer Kettensäge schrieb, die sich schmatzend und spuckend durch weiches Fleisch und zu weiche Knochen schnitt, würde man diese besondere Gattung korrekt einordnen können.

»Suchst du die Pornos?«, quiekte es vom Tresen her und riss Mike aus seinen Gedanken an endlose Regale sinnlos verdrehten Zelluloids, das einst geträumt hatte, ein Star Wars zu werden und selbst im

Alptraum eines Episodenfilms gern existiert hätte, wäre ihm ein Regisseur wie Jason Bloodgood (kein Künstlername, sondern Programm) erspart geblieben. Jetzt fokussierte sich seine Aufmerksamkeit auf das Mädchen an der Kasse. Höchstens 25, schätzte er, dürr wie eine Lakritzstange, schlecht gefärbtes Haar und genug Mascara um die Augen geschmiert, um damit die Kriegsbemalung der Apachen zu erneuern.

»Der einzige Porno, den ich brauche, steckt in meiner Hose«, schlug Mikes Spontaneität vor. Nee, das war zu primitiv, entschied sein Verstand und brachte ein Kopfschütteln als Alternativvorschlag. Als die Lakritzstange zu lachen begann, begriff Mike, dass sein Verstand allerdings mal wieder zu langsam gearbeitet hatte. Na, wenigstens war Lakritze doof und leicht zu begeistern. Und wenn er sie gleich auf den blöden Film ansprach, war das hier wenigstens schnell vorbei. »Ich suche eigentlich was Bestimmtes. Habt ihr '0:25' von Bloodgood?«

Lakritze blinzelte. »Bah, was habt ihr denn jetzt alle damit? Echt jetzt! Da war gerade schon wer da und hat mich fast 'ne halbe Stunde zugetextet!«

»Ich weiß.« Mike nickte entschuldigend. »Und das tut mir wirklich sehr, sehr leid. Meine Frau kann da sehr lästig werden.«

»Ach, ihr gehört zusammen?« Lakritze schien das 'echt' erleichternd zu finden. Vielleicht hatte sie kurzfristig befürchtet, einen VHS-Kursus für Horror-Rhhhhhiiie!-Movies belegen zu müssen, wenn das zur Mode wurde. »Was is'n so toll an dem?«

Nichts, hätte er gern geantwortet, aber da das hier nicht ihr erster und sicher auch nicht letzter Versuch war, Cornelias Sammlung zu vervollständigen, hatte er die Fakten mittlerweile auswendig gelernt. »'0:25' oder auch Bloodgood 25 ist anlässlich des 25. Bloody-Slime-Festivals vom mittlerweile verstorbenen Kult-Regisseur Jason Bloodgood – kein Künstlername, sondern Programm – gedreht worden. Darin versuchen 25 Blondinenzombies den 25jährigen Sohn ihres verstorbenen Schönheitschirurgen aus Rache zu zerschnetzeln, aber er hat 25 Minuten Zeit, in denen sie durch das subtile Werkzeug einer Kettensäge verletzlich sind, weil sein Vater eine bestimmte Sorte von Weltraumbotox benutzt hat und gerade der mächtigste Sonnensturm seit 25 Jahrzehnten über die Erde fegt. Der Film ist außerdem der 25. Teil von Bloodgoods Geisterstunden-Serie, die 60 Teile umfassen sollte, aber mit Bloodgood 25 ist ihm das Geld ausgegangen.« Zum Glück.

»Echt 'nen bisschen viel 25, oder?« Lakritze stützte sich mit einer Hand auf den Tresen und starrte beiläufig auf den abblätternden Lack ihrer Nägel.

»Alles Absicht«, erwiderte Mike. »Weils doch ein Jubiläum ist. Deshalb sollen auch 25 Liter Kunstblut pro Einstellung verschüttet worden sein, der Regisseur hat 25 Kurzauftritte in 25 unterschiedlichen Rollen, und...«

»Sowas find ich ja echt bescheuert«, unterbrach ihn Lakritze, deren Interesse an Bloodgood 25 so rapide abzunehmen schien wie das vermutliche Niveau des Films nach Beginn des Vorspanns. »Man kann es doch wohl auch echt übertreiben.«

»Echt«, stimmte er erleichtert zu und erntete ein Lächeln. »Aber es gibt nicht mehr so viele Exemplare von dem Film« – vermutlich weil Menschen mit mehr Geschmack die Dinger in den Mixer geschmissen und die Überreste anschließend einbetoniert hatten – »und meine Frau sucht ihn verzweifelt. Also warum geb' ich dir nicht 25 Euro, und dafür erzählst du deinem Chef, der wäre geklaut worden?« Er intensivierte sein eigenes Lächeln, bis die Kiefermuskeln fast schmerzten. Männlicher Charme. Wenn Cornelia daran glaubte, konnte er das doch auch!

»Alter, das kann ich echt nicht machen.« Lakritze schüttelte den Kopf. »Ich hab's deiner Braut...«

»Frau«, verbesserte er sie unwillkürlich, und als sie irritiert die Stirn runzelte, fügte er hinzu: »Wir sind verheiratet. Heute ist unser Jahrestag.« Sonst wäre er ja gar nicht mitgefahren, aber Hochzeitstage verbrachten sie immer zu zweit, und die Nachricht im Internetforum der HoZ-SplaF (Horror-Zombie-Splatter-Freunde e.V.), dass Bloodgood 25 in einer Videothek in diesem Kaff auszuleihen sei, duldete nun einmal keinen Aufschub; wenn jetzt irgendein anderer Sammler das kostbare Stück...? Eine Katastrophe!

»Jahrestag«, wiederholte Lakritze. »Der fünfundzwanzigste, wie?« Sie kicherte wieder, und da er sich erinnerte, dass sie auch über seinen Pornowitz gelacht hatte, grinste er zumindest schief und hakte das unter sehr schlechtem Humor ab. So alt sah er doch wohl echt noch nicht aus!

»Und wenn ich dir 25 für den Film und 25 einfach nur so gebe?«, versuchte er zu handeln. Eine andere Zahl schien ihm unangebracht.

»Ich würd ihn dir sogar für 2,50 geben, echt.« Lakritze zuckte mit den Achseln. »Aber wir haben den nicht, echt nicht!«

Mike starrte sie an. 'Aber es stand im Internet' war eine Replik, die ihm sein Verstand dieses Mal Gott sei Dank rechtzeitig abwürgte. Dass sie mehr als 250 Kilometer gefahren und davon gefühlte 250 Kilometer im Stau gestanden hatten, zählte sicher auch nicht als Argument. Und dass er so langsam die Schnauze voll hatte von der Sucherei nach diesem Gral der schlechten Filmkunst, musste er Lakritze ja nicht sagen. »Danke«, brachte er schließlich über die Lippen und wandte sich zum Gehen.

»Nimm doch was anderes!«, rief sie ihm hinter. »23 minutes to midnigt! Oder Schneeflittchen und die 69er Zwerge. Der ist wirklich...« Die Ladentür, die ins Schloss rauschte, verschwieg gnädig, was der wirklich war.

Cornelias erwartungsvolle Miene zerfloss bei seinem Anblick. »Sie hatten ihn wirklich nicht?«, fragte sie kleinlaut, und Mike schüttelte den Kopf und ließ sich neben sie auf den Beifahrersitz plumpsen. »Mist.« Sie warf sich frustriert zurück und krallte die Hände schnaubend ums Lenkrad. Ein Häuflein Elend an einem Frühsommertag in einem Kaff; eine geschlagene Jägerin mit zerplatztem Traum. Selbst wenn der

Traum Bloodgood 25 hieß, war es eine Enttäuschung, sogar für ihn. Denn den Film nicht in Händen zu halten bedeutete, ihn weiterhin suchen zu müssen.

»Mach dir nichts draus, Schatz.« Er legte seine Hand über ihre und lächelte sie an, während sein Magen romantisches Knurren als Hintergrundmusik lieferte. »Jetzt gehen wir erst mal was essen, dann fahren wir nach Hause, und morgen suchst du einfach weiter.«

Sie öffnete ihre Augen einen Spalt, blickte ihn zweifelnd an, und dann verzog sich ihr Mund zu einem Lächeln. »Stimmt«, sagte sie mit dem ersten Anflug von Entschlossenheit. »Es gibt noch viele Videotheken im Land. Irgendeine muss ihn doch noch haben.«

Klar, dachte er skeptisch. Weil etwas, was nicht einmal Ebay führte, doch irgendwo zu finden sein musste, denn sie wollte es so. Und wenn sie es wollte, wollte er es auch. Weil sogar schlechte Zeiten gar nicht so schlimm waren, solange Cornelia neben ihm saß und Gas gab, damit er endlich zu seiner Pizza kam. Die nächste Videothek wartete schon irgendwo.

Während Cornelia den Wagen über winter-geschädigte Straßen lenkte, lehnte Mike sich zurück und zählte heimlich durch, der wievielte Versuch das jetzt eigentlich gewesen war. Er kam auf 24. Also, dachte er, würde es beim nächsten Mal klappen. Echt jetzt.

Zeitreise

Im Zwielicht

Ob es wahr ist? Gerüchte sind wie fremde Menschen, man weiß nicht, wie sehr man an sie glauben darf. Und gerade jetzt sollte es ein möglichst widerlicher, unausstehlicher Mensch sein, dem man in keinem Fall vertrauen möchte. Denn wenn es wahr ist... Annette vermag sich nicht vorzustellen, was dann werden soll.

Nachdenklich blickt sie in den Spiegel, streicht sich die Haare aus der Stirn. Ihre Hand greift zur Bürste, um mechanisch die Bewegungen der vergangenen halben Stunde fortzuführen, sie zurechtzumachen, sie für den Augenblick zu formen, der lange Zeit nur Traum war. Es kann einfach nicht wahr sein. Trotz allem Drill, trotz der Uniformen, trotz aller Befehle sind es doch Menschen, die dort in den Lagern arbeiten. Und es gibt nun einmal Dinge, die man nicht tut; nicht, weil sie einem verboten wurden, sondern weil man ein Mensch ist. Es kann also nicht wahr sein. Ob etwas wahr wird, wenn man es häufig genug wiederholt?

Annette ist die Grübelei satt. Entschlossen legt sie die Bürste zurück auf die Kommode und streicht ihr Kleid glatt. Sie hat auch gar keine Zeit mehr, sich jetzt noch Gedanken darüber zu machen. Wenn der Zug pünktlich ist – keinesfalls sicher in diesen Tagen – dann wird es nicht mehr lange dauern, bis Harald ankommt. Es sind nur einige Minuten bis zu ihrem Treffpunkt, nur die Straße herunter und über den Feldweg in die Wiesen, doch der Weg scheint ihr unerträglich lang gewesen zu sein. Fast sechs Monate sind vergangen, seit er fort ist, und die Briefe, die sorgfältig dort drüben in der Pappschachtel unter dem Bett aufgehoben werden, sind doch nur ein schwacher Trost. Aber heute werden sie einander sehen, und es wird wieder sein wie früher. Weil es nicht wahr sein kann.

Er atmet tief ein. Abgase von der Straße. Die Äpfel vom Baum vor dem Bahnhof. Der eigene Schweiß, der von der langen Bahnfahrt in der Uniform hängt. Der Qualm der Zigaretten, ebenfalls noch aus dem Zug. Herrlich. Er bleibt stehen, hebt das Gesicht mit geschlossenen Augen und lässt sich die Sonne auf die Lider scheinen. Diese Luft. Der Lärm der Automobile und das Kinderlachen. Nur ein paar Stunden Fahrt entfernt steigt schwarzer Qualm über drückender Stille auf, und ein süßlicher Geruch hat sich ins Mauerwerk gegraben, in die Baracken, in die Gewehre. Man muss all das weit hinter sich lassen, um wieder frei atmen zu können.

Harald schultert sein Gepäck und macht sich auf den Heimweg. Mütterlicher Befehl: Wenn du ankommst, kommst du aber gleich her, ja? Es gibt Apfelkuchen, frisch gebacken. Er lächelt. Endlich wieder ein Befehl, dem man gern folgt. Keine Alpträume von Schreien. Keine bleichen, ausgemergelten Gesichter. Apfelkuchen. Die warme, zu lange Umarmung der Mutter. Annette. Und diese herrliche Luft.

Es riecht nach Heu, und eine frühe Grille singt ihr

Abendlied. Ob es wahr ist? Annette sitzt auf der Bank, in deren Lehne für alle Ewigkeiten ihre Initialen stehen, und wartet. Wenn sie den Hals reckt, kann sie die Scheune sehen, wo sie sich treffen wollen. dass der Heugeruch bis hierher kommt – erstaunlich. Sie versucht, an Harald zu denken, sich sein Gesicht ganz genau vorzustellen, aber es gelingt ihr nicht. Das letzte Bild, die Fotos, die er manchmal schickt, alle zeigen einen fremden Mann, einen in Uniform. In Uniform wird jeder Hänfling zum Mann, hat Luise immer gesagt. Blödsinn. In Uniform wird jeder zu einem Fremden. Aber darunter, irgendwo zwischen dem Stoff und den Abzeichen und Waffen, steckt ein Mensch, muss ein Mensch stecken. Deshalb kann es nicht wahr sein.

Mit jedem Schritt wird der Geruch intensiver. Harald atmet in vollen Zügen, beschleunigt seine Schritte. Bald rennt er und verliert beinahe die Sandalen. Nach dem schweren Essen tut die Bewegung gut, und er will nicht müde sein, wenn er vor ihr steht. Erst am Scheunentor bleibt er stehen, wartet darauf, dass seine Atemzüge wieder gleichmäßig werden. Ein, aus. Ein, aus. Eins, zwei. Rechts um. Arm ausstrecken zum Gruß. Den Heugeruch einatmen. Das Tor öffnen.

»Annette?« Er geht ein paar Schritte in das Zwielicht. Berge von Heu bilden eine schmale Gasse, einen Hof, eine Mauer. »Annette?« Keine Antwort. Zögernd geht er weiter. Seine Hand tastet bereits nach dem Tabakbeutel, aber hier drin wird er das

Rauchen lieber lassen. Sie ist nicht da.

Harald hasst das Warten, aber hier, im Zwielicht, allein mit dem alles betäubenden Geruch und in aller Stille lässt es sich eine Weile aushalten. Er lässt sich auf einem der Heuballen nieder, zieht einen Halm heraus und steckt ihn zwischen die Lippen. Hat er nicht geglaubt, sie könne es auch nicht erwarten? Hat er nicht erwartet, sie sei hier? Vermisst er sie in dieser Scheune nicht mehr als noch auf dem Weg hierher? So wie die Sehnsucht im Wohnzimmer größer war als auf dem Gleis? Dies ist Zuhause, und Zuhause ist Annette.

Durch das offene Tor fällt ein Schatten, und er springt auf, läuft ihr entgegen. Sie atmet schwer, und ihr Haar ist in Unordnung, aber sie lacht, als sie in seine Arme fällt. Ihr Körper, ihr Geruch. Ihre Lippen. Ihre Wärme. Ihr Duft.

»Wo warst du solange?«, bringt er zwischen zwei Küssen hervor, aber die Antwort ist ihm eigentlich gleich. Sie ist ja jetzt hier, und nichts anderes zählt.

»Ich war immer hier«, antwortet sie, und ihre Finger gleiten über die Knopfleiste seines Hemdes. »Ich war hier.«

Es ist nicht wahr. Sie liegt neben ihm, den Kopf auf seiner Brust, die sich gleichmäßig hebt und senkt, während er schläft. Im Zwielicht kann sie es genau erkennen. Es ist nicht wahr.

Darauf hätte man kommen können

»Die Zeit ist eine Hure: Erst fickt sie dich, und dann darfst du auch noch dafür bezahlen.«

Krüger blickt zweifelnd auf und lässt den Kugelschreiber sinken. »Als Geburtstagsgruß finde ich das nicht sehr passend«, sagt sie diplomatisch. »Ich schreibe lieber: Alles Gute von den Kollegen.«

»Langweilig«, konstatiert Mahlke, zuckt mit den Achseln und will sich wieder der Kaffeekanne widmen.

»Sie haben gut reden«, sagt Krüger. »Sie sind ja nicht mehr da, wenn der Chef die Karte liest.« Mahlke verharrt mitten in der Bewegung. Sie weiß es. Natürlich weiß sie es, sie ist ja nicht blöd. Sie arbeitet seit drei Jahren mit ihm zusammen, hat Ambitionen, will etwas erreichen – obwohl sie beide wissen, dass ihr das eigene Geschlecht da hinreichend im Weg steht – und wenn er sein Ziel erreicht hat, wird sie die erste sein, deren Nummer er wählt, aber wie kann sie es dann sagen?

»Ich meine«, fährt Krüger fort, während sie in ordentlichen Buchstaben den langweiligsten Geburtstagsgruß der Welt auf die Karte malt, »wenn Ihr Chronoport erfolgreich ist, werden Sie schwer beschäftigt sein: Empfang von Kohl, Belobigung von von Weizäcker – da haben Sie keine Zeit mehr für den Chef.« Sie blickt auf und lächelt ihn an. »Und wenn er nicht erfolgreich ist...« Sie zuckt mit den Achseln.

Mahlke lässt unauffällig die Luft entweichen, die er unwillkürlich angehalten hat. Sie weiß es doch nicht. »Danke für Ihr offensichtliches Mitgefühl in Falle meines Dahinscheidens«, sagt er sarkastisch, gießt sich den Restkaffee in seine Tasse und stellt die leere Kanne zurück auf die abgeschaltete Warmhalteplatte.

»Hop oder top«, erwidert Krüger im Plauderton. »Außerdem wissen Sie das alles ja selbst. Sonst würden Sie sich ja nicht so verhalten.«

»Ach?« Mahlke hebt die Brauen. Das interessiert ihn jetzt ja doch. »Wie verhalte ich mich denn?«

»Sie wissen schon.«

»Wenn ich's wüsste, würde ich ja nicht fragen.«

Krüger seufzt. »Na, als ob Sie das alles nichts mehr anginge. Und als ob es egal ist, was irgendwer von Ihnen denkt. Sie fluchen viel mehr als früher und sagen Dinge – also, Johannes Paul II. wäre nicht erfreut.« Sie deutet vielsagend auf die Karte. »Sie wissen schon.«

Mahlke nippt am Kaffee. Er schmeckt widerlich bitter und ist lauwarm, aber schlechtes Koffein ist immer noch besser als gar kein Koffein. Krüger hat Recht: Er weiß schon. Es erschreckt ihn aber, dass es ihr aufgefallen ist.

»Na, und dann neulich, als Sie mit der amerikanischen Austauschstudentin so offensiv geflirtet haben.« Nun sieht Krüger ihn deutlich tadelnd an, und Mahlke muss grinsen. »Sie könnte Ihre Tochter sein!«

»Es sind läppische fünfundzwanzig Jahre«, verteidigt er sich. Fünfundzwanzig Jahre sind nichts. Fünfundzwanzig Jahre sind gut. Bald sind es nur noch zehn.

»Ihre Tochter!«, wiederholt Krüger, und Mahlke wendet sich grinsend ab und trägt seinen Kaffee in sein Büro.

»Viel Glück mit Ihrer Karte«, ruft er Krüger noch über seine Schulter zu.

Er hat gute Laune; so gute Laune, dass er das Radio einschaltet, als er das Büro betritt, obwohl sie sicher nur Modern Talking, die Bangles oder Falco spielen werden. Nein, doch nicht. Das Lied kennt er allerdings auch; es ist letztes Jahr zu Weihnachten schon rauf und runtergeduldet worden – nicht sehr originell, schließlich heißt es auch »Chrismas« oder so ähnlich. Mahlke wird wieder einen Ohrwurm davon bekommen, aber nicht einmal das stört ihn. Das nächste Mal, wenn er sich auf Weihnachten einstellen muss, wird Wham ihn dabei sicher nicht mehr begleiten.

Die letzten Laborergebnisse sind am Morgen gekommen; Ripleys Werte sind normal. Eine Woche weit haben sie die Schimpansin chronoportiert, und sie zeigt keinerlei Anzeichen von physischen oder psychischen Schäden, ebenso wenig wie Rocky oder Rambo 2. Es ist also an der Zeit.

Mahlke grinst. Eigentlich sollte man keine so gute Laune haben, wenn man dabei ist, sein Lebenswerk zu zerstören. Aber wenn man die Wahl hat zwischen seinem Lebenswerk und seinem Leben – nun, es ist ihm jedenfalls nicht schwer gefallen, die Entscheidung zu treffen: Sein Chronoport wird scheitern, denn er kehrt nicht davon zurück. Er bleibt, wo er landet.

Er macht sich keine Illusionen darüber, ob der Chef einen vermeintlichen Rückschlag akzeptieren wird: Sobald klar ist, dass der erste Chronoport eines Menschen misslungen ist, werden sie sämtliche Fördergelder einfrieren und das »dämliche Science-Fiction-Projekt« aufs Abstellgleis schieben. Seit dem Gang an die Börse warten sie doch nur auf einen Fehler, um das Geld anschließend in ein neues Projekt zu stecken. Vermutlich irgendwas mit BTX, der Kommunikation der Zukunft. Aber das wird ihm dann egal sein. Seinetwegen können sie es auch in Perwoll anlegen.

Krüger wird sich fragen, was schiefgelaufen ist. Aber die Programmierung des Zieldatums und des Zielortes sind top secret; er hat niemanden in ihre Geheimnisse eingeweiht, und die Floppy Disk mit der Sicherheitskopie wird leider ebenso unauffindbar sein wie seine schriftlichen Aufzeichnungen. Sie liegen bereits wohlverwahrt in einem Schließfach, das er für zwanzig Jahre angemietet hat – fünf Jahre Puffer für die langwierigen Verfahren, bis er bewiesen hat, dass er am Leben ist. Denn die bundesrepublikanische Bürokratie bekommt zwar die RAF nicht unter Kontrolle, aber einen chronoportierten Steuerzahler für tot zu erklären, das traut Mahlke ihnen zweifelsfrei zu.

Im Radio jault nun Brother Louie, Louie, Louie. Das ist selbst für Mahlkes gute Laune zu viel, und er schaltet das Gerät ab. Kurz schwebt seine Hand über dem Walkman, aber dann entscheidet er sich dagegen: Er muss noch die letzten Codes für das richtige Datum eingeben, dafür braucht er Konzentration. Er freut sich auf eine Welt, in der Thomas Anders und Dieter Bohlen in der Musiklandschaft keine Rolle mehr spielen werden.

Mahlke startet DOS, und während sein IBM-PC hochlädt, betrachtet er nachdenklich seine persönliche Wall of Non-Fame: Zeitungsausschnitte aus diesem Jahr, die ihm jeden Zweifel rauben, weshalb sein Plan ebenso gut wie notwendig ist. Die Explosion der Challenger – vorläufiges Ende der bemannten Raumfahrt. Tschernobyl – da vergiften die Sowjets ihr eigenes Land und halb Europa, und jetzt nehmen sie den ersten unzerstörten Reaktor schon wieder in Betrieb. Olof Palme, die Morde der RAF, der IRA, der ETA: Halb Westeuropa droht im Terror unterzugehen – na, und die Genossen hinter Mauer und Eisernem Vorhang sind auch nicht besser. Er hat das alles satt, so satt!

Europa ist dem Untergang geweiht, trotz Süderweiterung der EG und all dem Tamtam. Nur einer der Gründe, warum Mahlke bei der Programmierung nicht nur die temporäre Varianz geändert hat, sondern auch die lokale. In fünfzehn Jahren – oder drei Tagen, je nach Perspektive – wird er nicht in dieses sterile Bürogebäude chronoportiert, sondern ins oberste Stockwerk eines modernen Wolkenkratzers in den Staaten. Er wird die Augen öffnen und über die Stadt blicken, die niemals schläft. Im Gegensatz zu seinem jetzigen Standort kann er bei seinem Ziel auch sicher sein, dass es in fünfzehn

Jahren noch an Ort und Stelle steht, denn es ist modern und schön und beliebt.

Die Daten sind hochgeladen, und Mahlke tippt die nötigen Befehle ein, bis er den Code des Chronoports erreicht. Allein der Gedanke an seinen Plan lässt ihn gleichzeitig erschaudern und vor Freude hüpfen. Natürlich, er lässt alles hinter sich: seine Familie und Freunde, seinen Beruf, seine Wohnung, vermutlich für eine Weile auch seine Freiheit – die Amerikaner stehen schließlich nicht auf illegale Einwanderer. Aber dann wieder lässt er eben alles hinter sich: Katastrophen, Anschläge, Proteste, schlechte Musik, Frauen in Latzhosen...

Unwillkürlich beginnt Mahlke, den alten Sinatrasong zu pfeifen. Jetzt braucht er nur noch das richtige Datum. Vielleicht ein Feiertag? Aber dann sind im schlimmsten Fall die Räume, in denen er landet, geschlossen, und er wird nicht nur als illegaler Einwanderer, sondern auch als Einbrecher verhaftet. Und er braucht Zeugen für seine Ankunft, sondern landet er im Irrenhaus statt in den Annalen der Weltgeschichte.

Es klopft, und Mahlke schreckt zusammen. Es ist Krüger, die wieder die Geburtstagskarte für den Chef in der Hand hält. »Sie haben noch nicht unterschrieben«, sagt sie tadelnd, und Mahlke steht rasch auf und geht ihr entgegen, damit sie nicht zu nah an den Schreibtisch kommt und auf seinen grünlich schimmernden Monitor blicken kann.

»Geben Sie her«, sagt er rauer als beabsichtigt. Sie hat tatsächlich einen kleinen Smiley neben den

Geburtstagsgruß gemalt! Mahlke seufzt. Auf solche Spielereien können nur Frauen kommen; in der Kommunikation haben diese Grinsegesichter doch nichts verloren!

»Ich bekomme auch noch zehn Mark von Ihnen.« Krügers gekränkter Ton verrät, dass er sich ungebührlich verhalten hat. Stumm verspricht Mahlke ihr, es wieder gut zu machen. Ob der Anruf, den er aus dem Gefängnis frei hat, auch nach Übersee gehen darf?

»Ich gebe es Ihnen gleich«, verspricht Mahlke, reicht ihr Karte und Stift zurück und zieht seine Geldbörse aus der Gesäßtasche. »Wann haben Sie eigentlich Geburtstag?«, fragt er, während er einen zerknitterten Schein herausfingert und glattstreicht.

»Warum?« Argwöhnisch zieht Krüger die Brauen zusammen. »Wollen Sie mir etwa etwas schenken?«

»Vielleicht rufe ich Sie ja an und gratuliere«, grinst Mahlke, und Krüger verdreht die Augen. »Nun sagen Sie's schon. Ich kann's mir ja auch aus Ihrer Personalakte holen.«

»Sie könnten es auch schon längst wissen«, erwidert sie schnippisch und will den Zehner in Verwahrung nehmen. Er hält den Schein fest und sieht sie bittend an. »Im September«, schiebt sie genervt hinterher. »Am elften, wenn Sie's so unbedingt wissen wollen.«

»Danke.« Mahlke lächelt, und Krüger verlässt kopfschüttelnd sein Büro. Er schließt die Tür und kehrt zu seinem Rechner zurück. Das Datum ist so gut wie jedes andere. Am besten landet er am Morgen, dann ist es früher Nachmittag in Deutschland, und sie wird sich gerade an die Kuchentafel setzen.

Summend nimmt Mahlke vor dem Monitor Platz. Die letzte Entscheidung ist getroffen. Der erste Chronoport eines Menschen endet um 9 Uhr morgens am 11. September 2001.

Re-Renaturierung

Der Luftzug im Nacken. Die verräterische Stille in den Pausen zwischen den Klassikern der Metal-Stücke. Entweder hat Omma gegen die Anweisung ihrer Ärztin wieder mit dem Headbangen begonnen, ist von Schwindel ergriffen zur Balkontür getorkelt und dort in selig stille Ohnmacht gesunken, oder aber...

Mit einem Fluch auf den Lippen springe ich auf und haste in Ommas Zweieinhalb-Raum-Two-in-One-Wohnung. Die altmodischen Ikeamöbel stehen verlassen auf dem Laminat – noch ein Erinnerungs-rückstand an die Zeit, in der Menschen sich für modern hielten, wenn sie das Schreinerhandwerk boykottierten, sich in erdölbefeuerten Fahrzeugen bewegten und ihre Zeit damit verplemperten, nach etwas zu suchen, was sie 'Telefonzellen' nannten – und das Antik-Metal quäkt aus dem iPod. Omma ist nicht zu sehen. Die Balkontür aber, die steht sperrangelweit auf. Der Luftzug weht ein Stück Papier vom Tisch, wo es unter dem E-Reader eingeklemmt war. Schreiend bunt bedrucktes Papier mit viel Grau, ein wenig Blau und ebenso wenig Grün, Industrie-landschaft vor grauem Himmel, ein eingezwängtes Gewässer zwischen Betonwänden und das furchtbare Wort, das ich zu zu vielen Abendessen zu hören bekam: Re-Renaturierung.

Es sind Momente wie diese, an denen ich bedauere, dass sie ein Gegenmittel gegen Demenz gefunden haben. Eine orientierungslose Omma, die ihre eigene Enkelin nicht erkennt, wäre mir sicher lieber als eine, die mit voller Absicht Dummes tut und daran Spaß hat. Gesellschaftliches Engagement im Alter. Um ein Sprichwort zu nutzen, von dem Omma behauptet, es wäre in der goldene Zeit der Jahrtausendwende und sogar in ihrer Jugend davor ganz üblich und keineswegs obszön gewesen: gesellschaftliches Engagement im Alter 'für'n Arsch'.

Ich verlasse meine Two-in-One-Behausung, muss sie suchen und ahne auch schon, wo ich sie finde. Ein bisschen Hoffnung ist noch da, dass ich mich irre, der Zettel nur Zufall ist und Ommas wöchentlicher Nostalgie-Renitenz-Anfall ausnahmsweise Auszeit nimmt. Omma verwehrt sich leider dem GPS-Chip, den die Großeltern all meiner Freundinnen und Freunde längst tragen, aber zum Glück wohnen wir ja nicht allein in der Siedlung. Gegenüber von unserer Tür hängt wie immer Frau Malzahn aus dem Fenster (Omma nennt sie so. Ich habe keine Ahnung, wieso oder wie die Frau tatsächlich heißt).

»Hast du Omma gesehen?«, brülle ich hinüber, und sie grinst breit. Ihre lackierten Fingernägel zupfen am Träger ihres Vormittagskittels, während ihre Ellbogen sich tiefer in das Kissen drücken, das zwischen ihrem aufgedunsenen, bleichen Körper und der Fensterbank liegt.

»Hab ich«, antwortet Frau Malzahn jovial. »Ist auf ihr Fahrrad gesprungen und hat mich noch gefragt, ob ich mit zur Renaturierung komme. Weißt du, was das ist?«

»Re-Renaturierung«, verbessere ich sie und füge

knurrend: »Ja, leider« hinzu.

»Richtig, Re-Renaturierung.« Frau Malzahn lacht, während ich bereits die Kette von meinem eigenen Fahrrad löse. »Ich hab mich noch kurz gefragt, ob Bambi da wohl auch mitmacht.«

Wer auch immer behauptet hat, die Menschen im Ruhrgebiet seien so humorvoll, kannte zu wenige von Frau Malzahns Schlag. Oder zu viele, aber dann war das überhaupt kein Lob.

Ich erspare mir eine Antwort, und während Frau Malzahn leider auch dieses Mal nicht an ihrem eigenen wiehernden Lachen erstickt, schwinge ich mich auf den Sattel. Wenn Omma in Re-Renaturierung macht, gibt's dafür nur einen Ort: die Emscherinsel.

Wir wohnen in einer der alten Siedlungen jenseits des Kanals. Mit dem Rad sind es keine zehn Minuten, bis ich den Radweg auf der Kanalseite erreiche. »Früher«, erzählt Omma gern, während ich gern darauf verzichtet hätte, »konnte man noch auf beiden Seiten des Kanals fahren. Da gab's noch Brücken, über die jeder konnte. Und man konnte auf dem Kanal Boot fahren.«

»Und früher gab's zu viele Arbeitslose«, werfe ich gern ein und sehe zu, wie Ommas Mund so knitterig wird, als hätte sie sich das Gebiss-Implantat entfernen lassen. »Und der Himmel war grau statt blau. Und wir gehörten zu Nordrhein-Westfalen und haben uns von Düsseldorf Geld zuteilen lassen.«

»Ja«, brummt Omma dann. »War aber trotzdem geil am Kanal. Besser als heute.«

Heute kann man nur noch auf der Kanalseite Rad

fahren oder spazieren gehen. Die mit Inline-Führer-schein haben natürlich ihre eigene Fahrbahn. Omma wollte es mir beibringen, als ich noch klein war, aber ich bin doch nicht mit Windows aufgewachsen, nee, nee, den Selbstmord auf Raten kann betreiben, wer will, aber solange die Dinger ohne Rücktritt geliefert werden, schnall ich mir die nicht an die Füße.

»Kind, du bist so komplett mutlos«, klagt Omma dann, und wenn ich nicht ausweiche, tätschelt sie mir die Wange, als wäre ich tatsächlich noch ein kleines Kind. »Das ist so typisch deine Generation.«

Generationenkeulen liebe ich einfach. Kann ich was dafür, dass wir diesen ganzen Spontiquatsch von Annodazumal begraben haben? Dass Omma sich nicht um Karriere und Individual-Management gekümmert hat, sondern an diesem Mythos »Selbst-ver-wirk-li-chung« hängt, ist weder meine Schuld noch die meiner Generation. Ich brauche keine zwei Kanalseiten, um darauf Fahrrad zu fahren oder spa-zieren zu gehen! Ich kann durchaus auch mal was gönnen, und wenn die Bewohner der Luxussiedlung »Emscherinsel« nun mal ihre Ruhe wollen, ist das ihr gutes Recht! Haben schließlich hart dafür gearbeitet, um genug Kohlen zu verdienen, um in ein Lärm-schutzgebiet ziehen zu können. Würde ich ja auch machen, wenn ich ehrlich bin. Auf der einen Seite der Lärmschutzwand der Kanal, auf der anderen, wesentlich höheren der Ruhrradschnellweg, und da-zwischen: Idylle. Darf man ruhig von träumen!

Die Kanalbrücke ist schon von weitem zu erkennen. Soweit ich weiß, wurde sie kurz vor Gründung der Lärmschutzzone Emscher gebaut; muss sie ja, später hätte sie gegen die Proteste keine Chance mehr gehabt. Aber irgendwie müssen die Züge und Räder ja über den Kanal und die Insel kommen. Bis zum Kreisel, der auf die Brücke hinaufführt, habe ich Omma nicht entdeckt, aber auf der Brücke werde ich ihr Fahrrad wohl finden. Omma, was machst du nur für Sachen.

»Früher«, gibt sie manchmal an, »sind wir auch auf Brücken geklettert, und dann sind wir in den Kanal gesprungen.«

»Heute ist das verboten«, erinnere ich sie dann streng.

»War's früher auch«, grinst sie dann, und ihre Augen funkeln. Verantwortungslosigkeit ist also nichts, was einen erst im Alter erwischt, denke ich dann beruhigt. Omma hat schließlich früher auch gegrillt. Mit Kohlen und offenem Feuer. Am Kanal oder sonstwo im Freien. Das muss man sich mal vorstellen.

Obwohl ich durchtrainiert bin, atme ich schwerer, als ich oben auf der Brücke bin. Von hier hat man einen ganz netten Blick, auch wenn die Plexiglaswände mit den Kunstgraffiti etwas stören. Wo die Werke Lücken lassen, erspähe ich die grüne Bepflanzung der Insel, die geschmeidigen Wege, die naturnahen Häuser mit ihren Holzverkleidungen und glänzenden Solardächern. Wenn ich die Augen zusammenkneife, erkenne ich auch das silbrig-blaue Flüsschen, das diesem Idyll den Namen gab: die Emscher.

»Alles Verbrecher, die da wohnen«, schimpft Omma gern. Selbst wenn es unmoralisch wäre, sich mit seinem Geld etwas so Schönes zu leisten wie ein Haus direkt an der Emscher – ich würd's gerne.

Auf halber Strecke auf der Brücke sehe ich Ommas Rad. Der Anti-Atomkraft-Wimpel (was auch immer Atomkraft sein soll; Omma konnte es mir nie logisch erklären) sticht aus der Menge an Rädern heraus, und ich bin froh, ihn Omma mal zum Geburtstag geschenkt zu haben. Ich runzle irritiert die Stirn, als mir klar wird, dass hier oben echt viele Räder herumstehen! Haben diese Alten denn echt kein Gewissen?

Die Absperrung zum Notabstieg – falls es mal ein Unglück auf der Brücke geben sollte – ist aufgebrochen; die Kette baumelt schlapp wie ein präviagröses Genital herab. Ich bin zu spät, um Omma davon abzuhalten, auf die Emscherinsel zu gehen. Großartig. Wie soll ich meinen Eltern erklären, dass Omma mal wieder verhaftet wurde? Und wie meinem Arbeitgeber? Kinder tragen die Verantwortung für ihre Eltern und deren Eltern, und sowas fällt doch gleich auf mich zurück! Ich kann nicht anders, ich muss versuchen, Omma zu finden, ehe es der Sicherheitsdienst tut und die Polizei ruft!

»Früher«, schwärmt Omma manchmal, wenn ich sie rechtzeitig einhole und nach Hause bringe, »wäre ich jetzt trotzdem am Arsch. Wegen der Kameras.« Ich schnaube dann ungläubig. Kameras, die einen auf Schritt und Tritt beobachten – welche Gesellschaft hat denn sowas nötig?

Schweren Herzens steige ich erst vom Rad und dann die Treppe hinab. Gebe nicht meiner Neugier nach, die gern den Park erkunden würde, der sich hier vor mir ausbreitet. Tausend Gerüche, die ich nicht kenne, einer lieblicher als der nächste. Gesang von Vögeln. Leises Plätschern. Hier könnte ich sterben und wäre glücklich. Omma nicht.

Die Stelle, wo Omma und die anderen vom Weg abgewichen sind, ist nicht zu übersehen. Abgeknickte Zweige, zertretenes Gras, zerstörte Ästhetik. Wäre es nicht so verdammt praktisch, um Omma aufzuspüren, würde mich das betrüben. So aber stelle ich fest, dass ich mich wohl auf dem Weg zur Emscher befinde. Liebliche Emscher, deren Unschuld die wahnsinnige Generation aus dem letzten Jahrtausend schänden will. Und Omma mitten drin.

Das Plätschern wird lauter, ist jetzt ein Strömen, und ich höre eine Stimme zwischen den Lauten der Wellen, die sich ihren Weg zwischen Stein und Kies und Uferbepflanzung suchen. Eigentlich will ich sie nicht erkennen, aber ich tue es dann doch: Ommas Stimme.

»Früher«, brüllt Omma, und ich laufe schneller, »hat es hier gestunken. Es hat nach Scheiße gestunken und nach Urin, und nur ein Bekloppter oder ein Künstler hätte dieses Wasser getrunken. Es war aber ein ehrlicher Gestank! Wenn der Wind gedreht hat, hat man zugesehen, dass man Land gewann. Und heute? Heute ziehen hier Leute hin. Hier hin. An die Emscher. Und sie bauen Mauern rechts und links, damit sie dabei unter sich bleiben können. Ihr habt genug Parks, sagen sie. Ihr habt genug Orte, wo ihr spazieren gehen könnt, sagen sie. Nehmt doch die alten Autobahnen, sagen sie. Schiebt euch eure Autobahnen in den Arsch, sage ich!« Menschen johlen, und endlich kann ich Omma sehen. Ich weiß aber nicht, ob ich mich darüber wirklich freuen soll.

Omma steht im Wasser der Emscher. Sie trägt keine Jeans, sondern ein altmodisches Kleid. Ihre Schuhe liegen am Ufer, ihre Strümpfe auch. Rund um Omma steht ein Dutzend Leute. Keiner von denen ist dieses Jahrtausend geboren; die meisten sehen aus, als wären sie nicht mal im letzten Jahrhundert vor der Jahrtausendwende geboren. 'Langlebigkeit', denke ich, 'Langlebigkeit für'n Arsch.'

Sie stehen wie faltige Flamingos in der Emscher, die Haare bunt gefärbt, manche in Gummistiefeln, die meisten in Kleidern. 'Typisch', denke ich, 'die alten Kerle sind zuhause geblieben.' Männer sind halt nicht so doof. Manchmal ist es schwer, eine Frau zu sein. Die machen dauernd so dämliche Aktionen.

»Omma!«, will ich brüllen, aber die Fahrt und das Laufen hierher haben mich doch außer Atem gebracht, und so japse ich es nur. Hab ich meine Amphetamin-Spritze letzte Woche eigentlich genommen? Ich fühle mich nicht danach.

»Früher«, fährt Omma fort, »mag es hier ordentlich nach Scheiße gestunken haben, aber es war wenigstens unsere Scheiße! Und wir hatten trotzdem Spass am Leben. Was hatten wir nicht für Spass am Leben hier am Kanal! Und wie fanden wir das alle gut, als es hieß, dass die die Emscher renaturieren? Sie wieder anpassen an das, was sie vorher war.« Ommas Gesicht sieht traurig aus, und ich weiß, dass sie jetzt wieder diese verqueren Nostalgiegedanken hat von einer Malocherheimat unter rauchgrauem Himmel mit sechsspurigen Autobahnen und einem Mythos von Solidarität unter Kumpeln. »Ich sag euch was, Mädels«, ruft Omma, als wollte sie sich selbst aus diesen Gedanken reißen. Jemand hüstelt beleidigt. Aha, doch ein Quotenmann unter den Weibern. Omma hat ihn sicher mitgemeint. »Ich sag euch was«, wiederholt Omma kampflustig und reckt das Kinn, während sie zum Saum ihres Kleides greift. »Mir gefällt es nicht, wie die Emscher angeblich vorher war. Ich will sie so, wie sie für mich vorher war.«

»Re-Renaturierung!«, schreien die Alten im Chor, und vor Schreck finde ich sogar meine Luft wieder.

»Omma!«, brülle ich, und Omma hört mich sogar durch den Lärm und blickt verwundert zu mir herüber. »Omma, lass den Scheiß!«

Omma lächelt, aber es ist nicht das verständige Lächeln einer gutmütigen Frau. Es ist das Lächeln des Jokers aus den Klassik-Marvels. »Genau das, Kind«, sagt sie und hebt ihr Kleid ein Stück, »genau das hab ich vor.«

Und sie ist nicht allein. Die alten Leute im Fluss lüpfen die Kleider, viel höher, als auch nur ein ästhetisch denkendes Wesen es je sehen will. Die Flamingos mutieren in Paviane. Ich schließe die Augen.

»Re-Renaturierung!«, brüllen die Alten wieder, und dann liegt plötzlich ein Plätschern und Furzen in der Luft, das nichts Gutes verheißt. Und dann rieche ich es. Rieche etwas Neues. Oder vielleicht etwas Altes. Re-renaturiert.

Danksagung

Zwischen der ältesten Geschichte in dieser Sammlung (»Erzähl mir was«) und der jüngsten (»Am achten Tag«) liegen etwa zwanzig Jahre. In dieser Zeit wurde ich von zahlreichen Menschen, Erlebnissen, Deadlines, Büchern und Filmen zum Schreiben inspiriert. Mein besonderer Dank gilt:

- Meinen Eltern für einfach alles.

- Wencke und Manni, die auf die richtige Art und Weise lästig waren.

- Julia, Eva, Lena, Nina E., Sven und Nina S. für jahrelanges Mitlesen und Mitkommen (Groupies!).

- Den Machern von leselupe.de und der Autorennacht der Neuen Literarischen Gesellschaft Recklinghausen, den Spielplätzen meiner literarischen Entwicklung.

In Erinnerung an jene, denen ich gern daraus vorgelesen hätte: Bernd Arning, Jacqueline Neumann, Bernd Alles. Und an Emma.

Coming soon: Das Buch E

»Moment«, sagt der Saalidiot, als die Kopfkino-leinwand ein letztes Mal aufflimmert. »In einem Kinofilm kommt die Werbung doch immer vor dem Hauptfilm!«

»Ja, aber das hier ist ja keine Werbung in dem Sinne«, beschwichtigt ihn das Kopfkino.

»Was ist es dann?«

»Eine Vorschau auf ein Buch, das vielleicht oder vielleicht auch nicht bald erscheint.« Das Kopfkino zögert kurz, ehe es fortfährt: »Und *bald* ist wie *gleich*: ein eher dehnbarer Begriff.«

»Aber die Vorschau kommt im Kino auch immer vor dem Hauptfilm«, protestiert der Saalidiot.

»Das ist doch jetzt völlig egal. Kannst du nicht einfach mal die Klappe halten, statt mich mit deinen lästigen Argumenten zu quälen?«

»Das wird man doch wohl noch mal sagen dürfen«, brummt der Saalidiot verstimmt.

»Na gut, na gut.« Wer sich über Saalidioten ärgert, verdirbt sich selbst den ganzen Film, das weiß ja jedes Kleinkind. »Du hast Recht. Das ist sehr unpas-sende Werbung zum völlig falschen Zeitpunkt. Aber das Buch ist dennoch sehr lustig.«

»Wie willst du das denn wissen? Es ist ja noch gar nicht fertig!«

»Fehlt aber nicht mehr viel«, verteidigt sich das Kopfkino. »Kann ich jetzt endlich anfangen mit der Werbung?«

»Nein.« Störrisch schüttelt der Saalidiot den Kopf

und schneidet eine finster-entschlossene Grimasse. »Für Werbung ist es einfach zu spät. Außer«, sein Gesicht hellt sich plötzlich auf, »außer, das ist eine Post-Credit-Szene. Du weißt schon: so was, dass sie immer erst ganz am Schluss zeigen, wenn eigentlich nur noch die Putzkräfte im Raum sind und das Popcorn aufsammeln.«

»Genau das ist es«, erklärt das Kopfkino erleichtert.

»Super!« Der Saalidiot strahlt. »Ich liebe Post-Credit-Szenen!«

»Oh Mann«, murmelt das Kopfkino. Wenn es das gewusst hätte, hätte es sich viel erspart.

»Wann geht's denn endlich los?«, quengelt der Saalidiot, und das Kopfkino seufzt.

»Jetzt«, sagt es, und es beginnt:

Prolog im Himmel
Aus: Das Buch E. Die Sieben Prüfungen des Eumel

Es begann an einem lauschigen Sommerabend. Die Götter hatten sich wie üblich zum Strand begeben, den Grill angeworfen und das ein oder andere Bierchen gezischt. Nur Gott Fußball war nicht anwesend; er hatte ein Auswärtsspiel. Als die Sonne schließlich fast an den Horizont stieß, gingen die Götter zu ihrem Lieblingsthema über: dem Helden aller Helden, Retter der Welten. Sie hätten sogar seinen Namen ausgesprochen, doch das dann obligatorische Donnern und Blitzen hätte ihnen womöglich die Laune oder − noch schlimmer − das Grillfleisch verdorben.

»Vorige Woche«, begann Gott Murphy und griff nach dem Feuerzeug, um seine Bierflasche zu öffnen, »war er wieder besonders schlimm. Da stürmte er eine Pizzeria, in der drei lange Schlangen standen, stellte sich an die kürzeste, und fast jeder vor ihm wich zur Seite, so dass er schon als übernächster seine Bestellung abgeben konnte. Und um es schlimmer zu machen«, fügte Gott Murphy hinzu, »war auch noch gerade eine Salamipizza fertig. Das war gegen all meine Gesetze.«

»Das ist noch gar nichts«, erwiderte Göttin Justizia. Sie saß im Schatten eines riesigen Sonnenschirms und rückte ihre Sonnenbrille zurecht. »Meine Furien verfolgen ihn mit Inbrunst, doch entweder entkommt er ihnen mit dem EEF[1] oder sie finden es verlassen in einem Graben, während er auszieht, das Übel zu bekämpfen. Natürlich zücken sie dann ihren Block, um ins große Buch der Vergehen diesen doch eher ungewöhnlichen Parkplatz einzutragen, doch noch ehe die Tinte das Papier berührt hat, kommt weißer Nebel auf, und in goldenes Licht getaucht tritt er an sie heran, tippt ihnen erst auf die Schulter und dann sogleich hektisch in sein Buch der Regeln, und ob sie es wollen oder nicht, müssen meine Furien seinem Blicke weichen. Obwohl das Parken in Gräben prinzipiell nicht erlaubt ist! Doch er setzt sich darüber hinweg!«

Die anderen Götter nickten schicksalsergeben, nur der Gott der Würfel schüttelte ernst sein weises Haupt. »Es ist nicht so, dass er sich über *all* unsere

---

[1] EEF = Eumel-Einsatz-Fahrzeug

Gesetze hinwegsetzt«, begann er salbungsvoll.

»Wenn du wüsstest«, schnaufte Göttin Wollust. »Du glaubst wohl, dass er deine Gesetze vor den Frevlern schützt, die sich Spielleiter nennen, ja? Dann muss es deinen vielen Augen wohl entgangen sein, dass er willkürlich zu ignorieren bereit ist, was ihm seine Würfel offenbaren – es sei denn, sie beugen sich seinem Willen!«

»Er tut *was*?«, donnerte der Gott der Würfel und schlug mit der Hand auf den Tisch.

»Ja, ja«, kicherte Gott Schalk. »Zwar scheint er dir ein loyaler Diener zu sein, doch der Schein all seiner Würfel trügt. Es ist allein sein eigener Wille, der ihm die Pfade in die Finsternis weist.«

»Das ist ja ungeheuerlich!« Der Gott der Würfel tastete hastig seine Taschen ab, bis er einige kleine Plastikreliquien aus ihren Tiefen hervorzauberte und auf den Tisch warf. »Bis ich mich beruhige, werden neun Minuten vergehen«, verkündete er schließlich nach einem prüfenden Blick.

Die Göttin Geduld, vom Lärm des Gottes der Würfel aus ihrem gleichmütigen Schlummer gerissen, gähnte herzhaft. »Aber ihr dürft nicht vergessen, liebe Freunde...«

»Und Innen«, verbesserte Gott Besserwisser, wurde aber von den anderen wie üblich ignoriert.

»Ihr dürft nicht vergessen«, wiederholte Göttin Geduld nachgiebig, »dass er all diese Vergehen nicht aus Bosheit begeht. Er ist ein Held, ein wahrer Held sogar, und als solcher langweilt er sich in der perfekten Welt, die wir geschaffen haben! Also setzt er sich über einige geringere Gesetze hinweg.«

Die meisten Götter sogen scharf die Luft ein, während der Gott der Würfel darauf insistierte, dass gerade einmal eine halbe Minute vergangen sei, es blieben ihm also noch achteinhalb. Doch die Göttin Geduld tat dies mit einem Schulterzucken ab und fuhr fort: »Er setzt sich über sie hinweg und erkennt so die Risse im Gefüge, die er nun bereit ist zu flicken. Und er *ist* ein Held, rettet Menschen und reitet Drachen und bewahrt die Welt vor dem Untergang und so.«

Gott Besserwisser lehnte sich zurück, während die anderen Götter nachdenklich zu murmeln begannen. Er allein hätte sie darauf hinweisen können, was geschehen würde, wenn sie sich mit ihm, dem Held aller Helden, messen wollten. Er sah Flammen und flauschige Mützen, Drachen, Wunderhunde und Vampire – und ziemlich viel Salamipizza. Er erinnerte sich, wo die anderen vergessen hatte – sogar an Dinge, die noch gar nicht geschehen waren. Aber deshalb war er auch der Gott Besserwisser.

Schließlich war es Gott Eindruck, einer der wenigen im Pantheon, dem jener ungenannte Held stets zu folgen suchte, der über das Murmeln der Götter die Stimme erhob. »Es ist, wie es Geduld schon sagte: Er ist ein Held, und er befolgt seine eigenen Regeln, weil ihn die unseren zu langweilen beginnen. Also müssen wir ihn unterhalten – nur für eine Weile, bis jeder von uns ein bisschen Zeit hatte, sich von den Strapazen zu erholen; Urlaub, wenn ihr so wollt. Wir müssen ihn beschäftigen.«

»Und wie?«, verlangte Gott Murphy zu wissen.

»Wenn wir ihm eine langwierige, äonenlange Aufgabe stellen, wird er eine Abkürzung finden, und in wenigen Stunden bringt er wieder all unsere hübschen Gesetze durcheinander.«

»Möglich«, gab Gott Eindruck zu, »aber nicht sehr wahrscheinlich. Alles, was wir tun müssen, ist, ihn mit seinen eigenen Regeln zu schlagen. Er will mit den Angeln der Welt basteln? Soll er doch! Er will strahlend über alle und alles triumphieren? Soll er doch! Er will ein Held sein? Na schön, dann machen wir ihn zu einem Helden! Und zwar auf die gute alte klassische Art.« Gott Eindruck setzte ein wahrlich beeindruckendes dämonisches Grinsen auf und musterte die anderen Götter herausfordernd. Gott Besserwisser nickte zustimmend, und nur Göttin Justizia hob zögernd die Hand und wartete, bis Gott Eindruck sie an die Reihe nahm.

»Und wie stellen wir das an?«

Gott Eindruck wollte es ihr gerade anschaulich verdeutlichen, als Gott Besserwisser sich nicht mehr zurückhalten konnte. Schnaufend sprang er auf und rollte mit den Augen.

»Mein Ich, Justizia, gerade von dir hätte ich mehr erwartet, wenn ich es nicht besser gewusst hätte: Wir werden ihn natürlich prüfen! Und es werden die Sieben Prüfungen des Eumel!«

Das Gewitter brach pflichtschuldigst mit viel Donner und Blitz und stürmischen Böen los, und Nacht senkte sich wie ein Vorhang über die Szenerie. Aus dem Dunkel konnte man gerade noch Gott Murphy hören: »Klasse. Jetzt ertrinkt ausgerechnet *mein* Würstchen im Regen. Wie typisch für mich.«

Andrea Rohmert
Das Buch E
Die Sieben Prüfungen des Eumel

Für manche ist er der Held aller Helden, für andere nur ein Idiot mit einem Umhang: der Eumel. Er stellt sich den Prüfungen der Herrinnen und Herren des Schicksals, der Zeiten und des ganzen Rests – solange er daneben noch Zeit hat, nach einem Reitdrachen Ausschau zu halten, den ihm bisher nur Meisterwillkür vorenthalten hat.

Ein Roman nicht nur, aber auch für Rollenspieler.

Erscheint bald (dehnbarer Begriff)